COLLECTION FOLIO

Bruno Gay-Lussac

L'examen de minuit

Gallimard

Bruno Gay-Lussac est né en 1918. C'est un descendant du célèbre chimiste et un neveu de François Mauriac. Son premier roman, *Les enfants aveugles*, a été suivi d'une vingtaine de récits et romans, de factures diverses, mais tous servis par une écriture de toute beauté. *Mère et fils* a obtenu le prix des Critiques 1986. *L'examen de minuit* date de 1959.

Je suis la plaie et le couteau
Je suis le soufflet et la joue
Je suis les membres et la roue
Et la victime et le bourreau.

BAUDELAIRE.
(Les Fleurs du Mal)

CHAPITRE PREMIER

Le volet était mal fermé. Je me suis levé pour fixer le crochet et je suis resté quelques instants à la fenêtre, écoutant la pluie. A travers les vantaux, j'ai regardé le village et la plaine où viennent rôder, en hiver, les biches affamées de la forêt. Un camion chargé de betteraves a traversé la place. Sous le réverbère qui éclaire le coin de la rue, une femme est passée. Elle avait la silhouette de ma bonne qui, cependant, n'habite pas cette partie du bourg.

Quand je suis revenu devant la table, je me suis aperçu que l'intérieur de mes mains était couvert d'écailles de peinture, une peinture qui a peut-être cinquante ans, car je n'ai pas le souvenir d'avoir jamais vu, dans la maison, un ouvrier occupé à peindre des volets. Je me suis donc essuyé avec mon mouchoir ; puis, j'ai allumé une cigarette.

Devant moi, sur une feuille de papier écolier, j'ai écrit : 1er novembre. Il y a certainement près d'une heure que je suis là, devant cette date et ces quelques phrases laborieusement conçues. Est-ce le froid qui me paralyse ? A trois reprises j'ai, bien inutilement, essayé d'allumer le mirus. Cette cheminée n'a jamais eu de tirage et, disait maman, ne fonctionne bien qu'en hiver, par temps sec, ce qui est vrai. J'ai vécu enfant dans cette chambre. Je garde toujours présents à l'esprit le ronflement du poêle et ces étranges lueurs qu'il projetait la nuit sur le mur tandis que, devant la cuisine, notre vieux chien, enchaîné à la niche et transi, aboyait à la lune. Aujourd'hui, les grands froids nocturnes sont exceptionnels ; ou peut-être suis-je moins sensible qu'autrefois à la beauté des hivers rigoureux dont mon enfance fut comblée, comblée de soleil aussi et d'étés accablants que je ne connais plus. Les enfants heureux n'ont pas la mémoire des nuages. A quel âge commençons-nous d'être attentifs aux saisons et à guetter dans leur agonie les premiers mouvements de notre propre mort ? Pourquoi, depuis des années, ne suis-je sensible qu'à cette mutation, en automne surtout, où la campagne, ici, s'endort dans un lit de brouillard et de boue.

*

Comme chaque année, le jour des Morts, ma vieille bonne, Marie, est entrée dans la chambre ce matin, habillée de noir et portant sur le bras un costume de deuil qu'elle a déposé sur mon lit bien que j'y fusse encore couché. Sans dire un mot, elle a ouvert l'armoire à glace, sorti une chemise blanche et cherché parmi mes cravates celle que je porte pour les enterrements.

— Levez-vous, m'a-t-elle dit, c'est l'heure ; et mettez un chandail sous votre gilet. Il fait froid.

Elle a ouvert les volets, et j'ai remarqué que le vent de la nuit avait déplumé la cime du marronnier.

— Le facteur est-il venu ? ai-je demandé.

— Vous attendez donc du courrier ? m'a-t-elle répondu.

Je n'ai rien dit et me suis levé. Sur la table, j'avais laissé ce feuillet que j'ai griffonné hier soir. Rapidement, je l'ai dissimulé sous mon buvard, mais la gaucherie de mon geste ne lui échappa certainement pas.

— C'est toi qui te promenais sous la pluie à minuit ? ai-je demandé.

— Moi ?

— Je t'ai vue, sous le réverbère, au coin de la rue.

— Vous rêvez.

Je n'ai pas insisté. Cette vieille est bizarre. Mais pourquoi m'inquiéter de cette étrangeté qui m'est familière puisque cette femme m'a vu naître. Ses histoires et ses chansons ont nourri les rêves de mon enfance. Les contes d'Andersen qui me reviennent souvent à l'esprit avant le sommeil, c'est toujours la musique un peu sourde de sa voix qui les accompagne.

Elle est partie devant moi à l'église. Comme d'habitude, j'ai été chargé de tirer le volet intérieur de la cuisine et de fermer à clef la porte du vestibule. En passant devant le chalet du jardinier, j'ai machinalement détourné la tête pour ne pas voir le carreau cassé par où s'engouffrent, depuis des années, la pluie, le vent et les feuilles mortes. Un carreau, ce n'est pas cher ! Si je commence, je n'en finirai plus : le toit menace ruine et je sais que l'escalier intérieur est pourri. Mais pourquoi réparer une maison que personne n'habite ? « Il y a bien des gens dans le pays qui paieraient les réparations pour y loger », me dit souvent Marie. Je ne réponds pas. J'aime ce chalet tel qu'il est, et je ne veux pas de locataires. Le dernier jardinier de la famille y est mort. Ses vêtements sont encore là, dans une armoire de la lingerie où ma grand-mère rangeait les confitures. Beaucoup de gens du village sont logés dans des conditions misérables, c'est vrai. Mais comment accepter la disparition de tout ce passé qui se réveille le soir, en été surtout, lorsque je viens rôder dans les allées du potager où poussent, au milieu des broussailles, les pivoines dégénérées ? Je reconnais l'endroit où l'on cultivait les asperges, le carré réservé aux framboisiers et, près du bassin, l'allée d'œillets blancs dont il ne reste rien. Dans la serre, les instruments aratoires ont été volés, les uns après les autres. La chatte, deux fois par an, vient y mettre bas dans le terreau sec, parmi les pots de géranium ébréchés. Par désœuvrement, j'y vais aussi quelquefois. D'habitude, je réveille une salamandre ou dérange un moineau. Tout cela ne sert à rien, ne produit rien. Je sais que, de l'autre côté du mur, des ouvriers cultivent un petit coin de terre pour nourrir leur famille. Marie me l'a dit souvent : « Donnez votre potager, il sera entretenu, vous aurez la moitié des légumes et des fleurs. » Je n'ai rien fait. J'ai honte d'aller trouver ces gens pour leur proposer ce genre d'arrangement. Ils envient ma terre, je le sais; mais, détail curieux, personne ne me hait. « Votre grand-mère a fait tant de bien, me répète inlassablement le curé, qu'on vous pardonne tout. » Ce n'est pas exact. Ma grand-mère a fait beaucoup pour les gens du pays, mais n'a jamais été aimée. Elle était respectée. Elle était riche aussi et, dans une certaine mesure, l'esprit qui animait tous ses gestes fermait les cœurs. Les gens préfèrent l'indifférence. La modestie de mon train de vie et cet abandon matériel qui m'entoure ne leur déplaisent pas, malgré mes fautes qu'ils admettent comme s'ils les comprenaient. Enfin, ma solitude est à leurs yeux un gage d'honnêteté; ses raisons, qu'ils ne peuvent ignorer, ont fait de moi, bien à tort, un personnage qui mérite le respect.

Je suis arrivé en retard à la messe. Par timidité, mais c'est un sentiment qui s'allie souvent à la veulerie, je n'ai pas osé traverser l'église pour gagner, près du chœur, le banc où je trône, généralement seul, sur le coussin de velours râpé, don de l'évêque du diocèse à ma famille pour récompenser son dévouement à la paroisse. Je suis donc resté près du bénitier, dissimulé derrière une énorme colonne où, enfants, mes cousins et moi, nous avions l'audace d'uriner pendant le prône, certains de l'impunité pour la bonne raison que l'église est toujours à peu près vide, sauf le jour des Morts où quelques hommes stationnent près du porche, bien que la plupart des chaises de la nef soient inoccupées. Ces hommes, je les connais de vue presque tous. Autrefois, ils me jetaient des pierres ou ricanaient sur mon passage lorsque, revenant de la poste, je prenais devant eux un air effarouché de jeune bourgeois. Aujourd'hui, ce sont des hommes fatigués. Ce matin, ils m'ont considéré sans curiosité comme si mon retard n'avait rien de choquant et qu'il fût tout naturel que je reste là au lieu de gagner ma place. Eux, je le sais, sont arrivés à l'heure et, s'ils demeurent dans l'ombre, c'est parce qu'ils ont un peu honte d'être ici. Ils ne prient pas, attendant la fin de l'office pour se mettre en rang et suivre le prêtre jusqu'au cimetière. Comme la plupart des fidèles, avec plus d'attention cependant, ils observent ce qui se passe à l'autel. Mais les gens ne les intéressent pas, alors que ma principale occupation consiste à dévisager et identifier les bourgeois, les gros fermiers dont les domaines forment autour du village un mur fortifié presque continu. A l'église, pour maintenir la tradition, ils se groupent autour du chœur. Certes, leurs traits me sont depuis longtemps familiers, mais leur monde m'est trop étranger et hostile pour que je prenne le parti de ne pas les juger. Pourquoi me sont-ils si odieux ? Mais surtout, pourquoi me sont-ils odieux depuis toujours, fait d'autant plus curieux que depuis quarante ans les visages se sont renouvelés. Je crois donc volontiers que mon sentiment répond à un vieil instinct : la peur des grandes personnes. Avec le temps, cette peur est devenue du mépris, et ces « grandes personnes » ont pris le visage d'une classe sociale à laquelle, disait mon père méchamment, « tu appartiens comme eux et moi ». Il ajoutait, pour me faire mal, que nous avions « tous les mêmes intérêts »; mais je sais bien qu'il se considérait d'une autre race. De quelle espèce étions-nous ? Des intellectuels ? Non, une simple famille bourgeoise auréolée d'un brillant passé au service de l'administration. Des libéraux, imbus de leur esprit critique et de leur culture, trop égoïstes pour se séparer d'une certaine droite qui, malgré le mépris qu'elle nous inspirait, défendait nos privilèges dont nous reconnaissions secrètement la fragilité et l'injustice. Car notre fortune était invisible, dissimulée sous l'anonymat des titres de banque. Nous étions une part infime, mais une part certaine d'un capital d'où sortaient les usines où nous n'avions pas à travailler et dont nous connaissions à peine l'existence. Et c'est faute de courage, que notre « classe » qui, malgré ses défauts n'était pas corrompue par l'argent, s'est effacée devant les nouveaux riches acceptant, de ce fait, de devenir socialement leur complice. Voilà, peut-être, ce que je reproche le plus à ces fermiers : cette complicité dont ils sont certains lorsqu'ils me serrent la main à la sortie de la messe, et ce salut, chargé de sous-entendus, qu'ils m'adressent discrètement dans l'église. Certes, je pourrais les ignorer, rendre mon banc à la paroisse, filer aussitôt la messe finie, en un mot rompre les ponts. Mais pourquoi affecter une telle audace, puisqu'il y a quelques mois encore, aux élections générales, j'ai voté pour leur candidat, non parce qu'il était à droite mais parce qu'il me paraissait moins odieux que l'extrémiste.

Je supporte aujourd'hui l'héritage de traditions dont j'ai depuis longtemps révisé la valeur, mais avec lesquelles je n'ai pas le courage de rompre officiellement par égoïsme et, surtout, par scepticisme. Les problèmes sociaux ne m'ont jamais passionné et mes révoltes sont brèves. Je retombe facilement dans l'indifférence, retournant toute mon attention sur moi-même. A quoi servez-vous ? Qu'avez-vous fait de votre intelligence d'homme ? J'imagine souvent un tribunal qui me pose des questions et me juge. Je ne réponds rien. Le juge ricane : « Expliquez-nous votre monde intérieur ? » Il n'a pas tort de plaisanter. Cependant, je voudrais lui dire que ma vie a un sens ou plutôt signifie quelque chose, ce qui est différent. « Prouvez-le. Des faits ! » Je n'ai pas de preuves. Mon avocat se penche vers moi et me souffle quelque chose que je n'entends pas. Je renonce à m'expliquer, et c'est mon défenseur qui prend la parole avec emphase. Tout ce qu'il dit est conventionnel et plat. Je ne suis pas cet homme-là. Je suis bien pire, et meilleur aussi. Mais à quoi bon protester ? Aux yeux du juge, je ne suis qu'un homme inutile.

Après la messe, tandis que le cortège se formait, je n'ai pu échapper aux politesses habituelles : « Quel temps ! Un vrai Jour des Morts... Et vos fils, ils ne sont pas là ? » Je voudrais esquiver, mais on insiste. « Ce collège, ce n'est pas trop dur... pour le dernier surtout... La nourriture est-elle convenable ? Viendront-ils dimanche ? » On m'oblige à trouver des explications, à défendre ce collège que je déteste, à vanter les vertus d'une éducation rigide. « Ce doit être terrible de ne sortir que tous les mois ! »

Je réponds en souriant que, de mon temps, l'on ne sortait que tous les trimestres. Les mères de famille me contemplent avec consternation. Marie, qui s'est glissée derrière moi, me tire par la manche pour me planter dans les bras un bouquet de chrysanthèmes et de dahlias.

— Allons-y, souffle-t-elle, il commence à pleuvoir.

Effectivement, une bruine de circonstance enrobe d'une clarté sinistre le noir cortège qui s'est déjà formé. Nous remontons la rue, serrant notre droite comme un troupeau d'orphelins, tandis que le curé, là-bas, loin devant moi, psalmodie de sa voix cassée. Des camions de betteraves descendent de la plaine et nous éclaboussent. Je pense à mes trois fils. A moins de dix lieues, ils suivent un autre cortège en récitant des prières pour des morts anonymes. Mes enfants n'ont pas de morts. Mes parents, qu'ils aimaient bien, ont disparu sans qu'ils s'en aperçoivent. Et, si demain je cessais de vivre, je crois qu'ils n'en seraient pas autrement affectés. Je pense en particulier à l'aîné, Louis, qui a seize ans. Peut-être ai-je tort de m'inquiéter pour eux et d'imaginer qu'ils souffrent.

Le cortège passe devant la grille du jardin. Mon regard s'arrête sur la chambre aux volets fermés qu'occupent en été les garçons. Marie m'a rejoint et marche à mon côté en se dandinant. Elle aussi regarde à travers la grille, mais c'est pour s'assurer que j'ai bien tiré la porte de la cuisine.

Elle avait les clefs du caveau et s'est agenouillée devant le petit autel, tandis que je déchiffrais les plaques funéraires, me livrant ainsi, dans un calme absolu, à un inventaire méthodique de mes aïeux depuis cent cinquante ans. Il ne reste que deux places sous la dalle, et je sais que Marie compte occuper l'une d'elles. Je ne lui ai rien promis, mais pourquoi retarder indéfiniment ma décision ? « Nous serons bien tous les deux, côte à côte », me dit-elle souvent. Elle sait que je n'aime guère ce genre de conversation mais y revient souvent, dans le but de m'amener à parler de la mort, sujet qui lui est cher et que sa sottise ne redoute pas. Un jour, pour éviter d'être trop précis, je lui ai dit que je devais penser à celui de mes fils qui garderait la maison. « Garder cette baraque, vous n'y pensez pas ! Ils la bazarderont. »

Je n'ai jamais osé protester. Elle me répondrait que je ne connais pas mes fils, ce qui est vrai. Et peut-être n'hésiterait-elle pas à m'expliquer pourquoi je ne les connais pas et à me donner les raisons pour lesquelles ils n'aiment pas cette maison. Je préfère vivre dans le doute, espérant que l'un d'eux s'y est secrètement attaché.

En revenant du cimetière, un garde m'attendait à la maison pour me demander, de la part d'un fermier, la permission de traverser mon bois dans l'après-midi. « On chasse le Jour des Morts ? » ai-je dit, non sans surprise.

— Vous savez, aujourd'hui, on ne fait plus attention.

Je lui ai donné mon autorisation. Je hais cependant ces battues organisées où des hommes occupent leurs loisirs à tuer. Les fermiers m'ont souvent prié de me joindre à eux, mais je me suis toujours refusé à ce genre de négoce qui consiste à payer pour avoir le droit de marcher en rang sur mes terres. Enfin, le crépitement des balles qui cerne le village, chaque dimanche, me rend fou. C'est sans doute cette insupportable perspective qui me décida à prendre la voiture pour aller voir mes fils.

La route m'est familière. J'aime ce paysage vide, de boue et de pommiers morts, ces villages que je traversais autrefois au petit jour en compagnie de mon père, la bouche lourde de sommeil et de café mal digéré. Rien n'a changé. Les maisons en ruine n'ont pas été reconstruites, et ce sont toujours les mêmes corbeaux qui se lèvent et s'éparpillent comme des mouettes en deuil.

Les pensionnaires s'apprêtaient à sortir en groupe. Non sans mal, j'ai obtenu du proviseur que mes enfants, déjà rassemblés en colonne dans la cour, sortent du rang et viennent me rejoindre au parloir. J'ai embrassé Louis et Jean sur le front, mais j'ai pris Edouard, qui n'a que huit ans, par les épaules ; et je l'ai serré un peu contre moi.

Ils m'ont regardé tous les trois avec stupeur comme s'ils ne comprenaient pas pourquoi j'étais là.

— Que se passe-t-il, ai-je dit avec nervosité, vous n'avez pas l'air contents de me voir ?

Louis a protesté. Volontiers, il prend un air enjoué d'homme du monde auquel je ne puis m'habituer et qui me désarme ou m'irrite suivant mon humeur.

— Vous êtes sales comme des peignes, ai-je dit sèchement.

Je regrettai aussitôt ma remarque, car leur visage se figea, soulignant leur expression d'enfants malheureux, ce qui m'irrita et me permit de vider sur l'aîné un flot inattendu de reproches amers. Je lui fis grief de la tenue débraillée de ses frères, de leur mauvaise figure et de leur silence pour, en fin de compte, lui demander des explications sur ses notes de la semaine.

Louis et Jean n'osaient plus me regarder. Etais-je donc venu les voir dans le but de les terrifier ? D'où me venait ce besoin subit d'être méchant, de les choquer, de les humilier ? Est-ce leur réserve qui m'a déçu ? Ou bien, pour leur prouver le souci que j'avais d'eux, ai-je voulu maladroitement affirmer mon autorité ? Je suis, il est vrai, coutumier du fait, choisissant mes victimes parmi les gens que je connais bien et qui me sont chers, comme si je voulais éprouver leur attachement et me punir ainsi de les trop aimer.

Etourdis et stupéfaits, les enfants n'ont pas discuté lorsque je leur ai proposé de faire un tour sur la route. N'osant, par pudeur, rire avec eux de ma colère, je suis resté silencieux jusqu'à la sortie du village. J'étais content et fier de mes fils. Des femmes sur le pas de leur porte nous regardaient. Nous étions quatre hommes ensemble, avançant sur la route et, trois d'entre eux étaient les fils de l'autre. C'étaient mes garçons. Je pouvais décider de marcher jusqu'à la nuit, toute la nuit. Ils m'auraient suivi sans protester. Les vêtements qu'ils portaient, leurs chaussures, c'était moi qui les avait payés. Ils le savaient et, en même temps, ils l'ignoraient puisqu'ils n'en éprouvaient pas plus d'embarras que de fierté. J'étais là pour ça, pour les faire vivre. Ces réflexions me déridèrent. Ils commençaient à parler entre eux et je les écoutai.

En rentrant, nous fîmes collation dans une crémerie où ma mère me conduisait enfant. Nous nous assîmes au fond de la salle, près de la fenêtre ouvrant sur le parc du collège. Je commandai du chocolat, des croissants puis, geste que je savourais depuis longtemps, je sortis mon portefeuille et leur distribuai de l'argent pour leurs menues dépenses.

L'aîné protesta poliment.

— Il t'en reste encore ? demandai-je.

— Oui... maman nous en a donné dimanche dernier.

— Ta mère est venue dimanche ?

Louis me regardait avec anxiété. Jean avait rougi. Je baissai les yeux pour boire mon chocolat, mais le croissant que j'avais entamé de si bon appétit resta dans la soucoupe.

Nous étions dans la pénombre et, tout en caressant la tête d'Edouard, je regardais dehors. Pour la première fois, le silence attentif des deux grands me réconfortait. Distraitement, Louis jouait avec une boîte d'allumettes et le bruit qu'il faisait avec ses doigts exprimait une sympathie qui n'était pas celle d'un enfant.

Sans me tourner vers eux, je fis observer qu'il commençait à pleuvoir. Trop heureux de trouver un sujet de distraction ils se penchèrent contre la vitre.

— Votre mère est venue en train ? demandai-je.

— Non, en car, dit Edouard, après une petite hésitation qui me permit de supposer qu'elle était venue en voiture et accompagnée.

Cette complicité inattendue de mes fils m'étonna. Je voulus la vérifier.

— Il y a donc des cars d'ici à Paris ?

— Paris n'est qu'à cinquante kilomètres, dit Louis.

Pourquoi répondait-il à côté ? Il avait déchiré la boîte d'allumettes et me regardait d'un œil éperdu et traqué.

Je décidai de rentrer et les laissai tous les trois devant la porte du collège.

Edouard me demanda avec angoisse si je reviendrais bientôt. J'ignore la raison pour laquelle je n'ai pas répondu. Le cœur brisé, je me suis aussitôt éclipsé comme si je n'avais pas entendu sa question.

CHAPITRE II

En vérité, la journée d'hier ne fut pas si triste, et j'ai sans doute exagéré ma cruauté à l'égard des enfants. Mais, dès que j'écris, mon personnage se fige, toutes les distractions heureuses de mon caractère et de ma vie, tous les côtés aimables de ma nature s'effacent, mon univers s'assombrit. C'est pourtant à cette heure tardive que mon passé prend corps et revit, comme si la conscience de mes actes et de mes sentiments ne m'était révélée qu'à retardement, enténébrée par la solitude de mes soirées et salie par l'amerturme qui colore toutes mes réflexions.

Est-ce vraiment ma vie que je raconte ? Suis-je en train d'en recoller laborieusement les morceaux, sans me soucier de ces grands trous qui faussent la perspective et mettent en évidence des zones de mon existence qui, dans un ensemble, passeraient inaperçues. D'où me vient cette impression de soulagement et de curiosité, comme si je livrais tout à la fois moi-même et un autre que moi-même ?

J'ai donc rangé mes feuillets, fait un peu d'ordre sur le bureau et mis le nez à la fenêtre pour écouter le vent qui vient de la forêt et porte, en automne, une odeur de cerf mort. J'ai cru entendre le chien rôder autour de la niche en tirant sur sa chaîne, mais ce n'était que la chaîne de la cloche qui d'ailleurs ne sert à rien, et se balance toute seule, dans le vent, en grattant le mur.

Je n'aime guère me mettre au lit. C'est toujours un moment pénible qui condamne la soirée. Le silence de la maison change ; il perd de son épaisseur et de sa puissance, il se vide et devient sonore, lugubre, comme une église désertée. Je n'irai pas jusqu'à dire que j'ai peur, mais je deviens plus attentif aux bruits du dehors, aux craquements des meubles, et aussi, aux mouvements de ma respiration et de mon corps. Je me surprends à organiser mes pensées, à choisir mes sujets de réflexion, ce dont je n'ai guère le souci lorsque je suis debout, mes songeries venant alors seules pour s'imposer ou s'effacer à leur gré. C'est pourquoi, après avoir décidé de me coucher, j'en retarde l'exécution, occupant, comme je le peux, mon désœuvrement. Je m'accoude à la fenêtre, reviens à mon bureau, tourne en rond dans la chambre, attachant mon esprit à des détails futiles : une lézarde sur le mur qui a le profil d'un carrosse, une mouche dans le globe du plafonnier et, le plus souvent, ma figure que j'examine dans la glace de la cheminée en m'amusant, de mes deux index, à relever la peau de mes joues pour en effacer les rides et vérifier que ce sont bien les rides qui vieillissent le visage. Le regard ne change pas. Sa dureté, son amertume, ce sont les rides et tous les détails de la figure qui l'aggravent. Les événements de notre vie, l'écoulement du temps lui-même échappent si bien à nos yeux que l'on peut se demander s'ils vivent vraiment, s'ils ne sont pas des trous derrière lesquels nous essayons de regarder. Il m'arrive d'imaginer que dans la tombe ils ne pourrissent pas, mais roulent au fond du cercueil comme des billes d'agate.

Je songe debout, j'examine mon passé, je le reconstruis à ma guise, je l'enrichis d'un lyrisme et de toutes les satisfactions de vanité dont j'ai été frustré ; puis je pénètre dans mon lit en oubliant bien souvent d'exécuter certaines consignes : ouvrir la fenêtre, vérifier le pare-feu de la cheminée, préparer mon cartable. Je dis bien mon cartable, car la vie de bureau fut toujours à mes yeux le prolongement de mon enfance d'écolier, que dominent encore aujourd'hui le fracas du réveille-matin et cette lourde fatigue qui suit les petits déjeuners trop vite avalés.

Mon cartable est noir, assez vaste pour y mettre un litre de vin, un dictionnaire latin ou un dossier d'avoué. Le matin, la bonne y glisse un sandwich que, d'habitude, j'oublie de manger. Je n'ouvre jamais mon cartable, me contentant, avant la nuit, de vérifier qu'il est là, contre la chaise qui me sert de table de nuit. Pour quoi faire, ce cartable ? La plupart des hommes s'en passent et rentrent chez eux les mains vides. Je n'y puis rien ; j'aime quitter le bureau, ma serviette à la main, m'en servir d'accoudoir dans le train, en extraire un roman, y classer un dossier que je ne lis pas, et des lettres que j'oublie de poster.

Quelquefois, s'il m'arrive de faire le projet de passer la nuit à Paris, j'y ajoute un peu de linge, un sac de toilette, justifiant ainsi, mais bien rarement, l'usage de ce petit sac auquel je m'accroche comme ces mauvais catholiques qui s'en vont à l'église armés d'un gros missel.

La vraie raison de ma manie : besoin d'inspirer le respect aux gens du pays que je croise en descendant du car, besoin de donner confiance et l'impression d'un homme occupé.

Mon métier me plaisait autrefois. Fondé de pouvoir d'une banque, voilà un poste dont beaucoup d'hommes se contentent. A trente-cinq ans, j'y trouvais des satisfactions d'autorité, de calcul et surtout de diplomatie. Convaincre des hommes, les amener par la ruse, l'intelligence du raisonnement et quelquefois la sympathie, à admettre votre point de vue, conclure une affaire dans le sens que l'on souhaite, voilà ce dont je tirais le plus de plaisir. Persuadé que mon métier menait à tout, je croyais ainsi parvenir à un poste de premier plan dans les affaires publiques ou privées. Je rêvais d'être un homme qui n'ouvre plus de dossiers, mais écoute les avis, discute les grandes lignes de projets grandioses et impose au dernier moment, par intuition et bon sens, sa volonté. Les affaires ne m'intéressaient que dans la mesure où elles pouvaient me conduire à une vaste action sur les hommes.

Ce besoin de domination possédait mes pensées et, plus tard, ce fut par des écrits intimes que j'essayai d'abord de m'imposer à moi-même.

Par instinct, l'écriture, parce que c'est un moyen d'expression libre et solitaire, une volonté d'être, me fascinait. Je croyais alors entendre ma voix se perdre, tout au long de vallées profondes et désertes. Souvent, dans le train qui me conduisait à Paris, l'esprit stimulé par le paysage qui défilait devant moi, je prenais des notes que, le soir, je déchirais, découragé et surpris d'avoir éprouvé un seul instant le besoin de m'exprimer...

Je viens d'entendre le pas lourd de Marie dans l'escalier et le frémissement de la rampe qu'elle prend à pleine main comme pour se cramponner à la vie. Des perdreaux que la chasse a dispersés rappellent de l'autre côté de la route. Ma tête est lourde, j'ai trop fumé, la fièvre d'écrire tombe. En vérité, j'hésite avant de réveiller un monde que la honte et le temps ont rongé.

*

Le brouillard sent la pomme pourrie. Les moineaux transis par le gel matinal forment des grappes immobiles dans le châtaignier déjà chauve. Marie casse du bois pour allumer le feu.

Je m'habille sans hâte, en évitant comme chaque matin de regarder mon lit dont le désordre n'a pas d'histoire et résume le sommeil d'un homme qui se tourne et se retourne plusieurs fois dans la nuit. Je n'aime pas cette lumière de vitrail que le soleil d'hiver projette à travers la brume sur mes draps et le crucifix. La tête inclinée de côté, le Christ déplore le vide de ce grand lit où je pénètre et que je quitte sans prier. J'ai souvent envisagé d'y substituer une photo de mes enfants, mais un sentiment de pudeur à l'égard de mes fils m'a toujours retenu.

J'entends la demie de sept heures sonner à l'église, puis la sirène de la distillerie et, aussitôt, le grondement des premiers camions de betteraves, montant à vide vers la plaine. Autrefois, j'aimais, de la fenêtre, écouter cette lente mise en route du jour, insensible au travail des hommes qui en assuraient l'inflexible régularité. Aujourd'hui, toute la poésie dont j'entourais cet éveil s'est effacée, et je ne guette plus les bruits que pour mesurer le temps libre qui m'appartient avant le passage du car.

En général, je déjeune rapidement, traverse en courant la prairie, et vais me poster devant l'arrêt sous la verrière brisée du bureau de tabac. D'autres personnes m'y rejoignent. Je les connais presque toutes. Seuls les jeunes, qui ne savent pas qui je suis, ne me saluent pas. L'on échange quelques mots, et je reste immobile, contemplant les berlingots de la vitrine, le remblai de la route que dominent les sapins de mon jardin.

J'ai passé ma jeunesse dans le déchirement des départs qui me séparaient des endroits familiers. Mais à présent que je suis assuré d'y revenir tous les soirs, je suis las de ce paysage qui s'éloigne derrière la vitre du car où j'appuie mon front par habitude. On dirait que la nature m'a fait pour aimer ce qui m'échappe et me distraire de ce que je possède. L'attachement que je porte aux êtres et aux choses ne s'éveille que si j'en suis frustré.

J'ai besoin de ce manque, et je m'impose, quelquefois, la fréquentation de gens détestables pour former autour de moi un mur étouffant.

A l'arrêt de banlieue qui précède l'entrée dans Paris, j'ai retrouvé cet homme qui, depuis des années, est mon supérieur de bureau. Il m'a salué mais est resté debout, faute de place. Nous avons fait route ensemble dans le métro en échangeant, à voix basse, quelques mots sur la politique. Cet air de complicité qui n'est qu'une fausse courtoisie réciproque, j'en ai depuis longtemps la nausée, car je sais que cet homme me surveille, guette mes défaillances et ne manque pas à chaque occasion d'en tirer un profit personnel. A ses yeux, je dois avoir un visage et une vie doubles. De mon côté, je ne puis me résoudre à accepter sa figure telle que je la connais, et je cherche, inlassable, sur ce visage hostile, une ressemblance avec moi-même, comme si je ne pouvais me résigner à ne pas l'aimer comme un frère.

A midi, j'ai quitté le bureau pour boire une bière et manger un sandwich. J'aime bien ce petit bistrot où ma place près du water est toujours libre. Le battement de la porte qui vient cogner contre ma table ne me gêne pas. Autrefois, je levais la tête et dévisageais les clients, car je m'intéressais surtout aux gens qui surgissaient de la cabine téléphonique. J'ai moi-même utilisé plusieurs fois ce téléphone. Je me souviens du goût fade qu'avait alors mon sandwich lorsque, revenant à ma table, j'essayais de manger. Claire n'appréciait pas ces appels intempestifs, mais je préférais sa voix sèche à cette interminable sonnerie qui me prouvait qu'elle était sortie. Nous occupions alors dans le 7e arrondissement un petit appartement où nous passions les mois d'hiver et, en d'autres saisons, de brefs séjours réservés aux sorties de plaisir.

Cet appartement, ma femme l'a conservé. Mes meubles y sont encore. Je crois bien que, dans une armoire, j'ai laissé des vêtements. Nous avions deux fenêtres sur la rue, face au café où j'achetais des cigarettes et près duquel, lorsque je décide aujourd'hui de rentrer par le train, je viens souvent rôder le soir. Le patron a changé depuis l'an dernier. Aussi, suis-je libre à présent de prendre un verre à la terrasse et de regarder ce qui se passe en face. Dans ce quartier, les passants sont rares. De loin, on entend leurs pas qu'accompagnent, en automne, des brassées de feuilles mortes. Ils longent le mur de l'hôpital et débouchent sous le réverbère qui, devant mes fenêtres, remplace un arbre. C'est à cause de lui que nous avions autrefois masqué les fentes des volets avec des morceaux de chiffon que le temps a noircis et déchiquetés. Aujourd'hui, ils pendent en lambeaux, soulignant l'aspect délabré de ce vieil immeuble dont la porte cochère monumentale ne s'ouvre plus que sur des gens de mauvaise mine, sur de modestes locataires. Ainsi, protégé par la nuit, je surveille en vain les allées et venues de ce petit monde, attentif aux fenêtres qui s'ouvrent et au pas des promeneurs, mais souvent distrait par mes rêves qu'inspirent le brouillard de la ville et ce grondement lointain du côté de la Seine.

Ce soir, il y avait encore des chaises sur la

terrasse. Je me suis assis là, le col relevé, car j'avais froid. Je n'ai pas fait signe au garçon qui, de l'intérieur, ne me voyait pas et m'eût peut-être prié d'entrer. La rue me parut d'abord plus animée qu'à l'ordinaire, mais c'était l'heure où les employés de l'hôpital quittent leur travail. Très vite, tout reprit donc son calme habituel.

Un autobus s'arrêta au coin de l'avenue. Je n'y aurais pas attaché plus d'intérêt si la personne qui venait d'en descendre ne s'était avancée dans la direction du café, pour ensuite traverser à hauteur de l'immeuble. C'était Claire. Je reconnus sa démarche un peu lente. Elle portait à la main un cabas, et je crois bien qu'elle leva la tête pour regarder les fenêtres de l'appartement comme si, obéissant à une vieux réflexe, elle ne se résignait pas à cette obscurité. Mais sans doute avait-elle d'autres soucis en tête, car je crus deviner qu'elle était élégamment vêtue. Dès qu'elle eut disparu, je m'aperçus que je tenais les poings fermés, l'un d'eux pressé contre ma bouche, le bras replié sur moi dans un mouvement étriqué d'enfant craintif. Je mis quelque temps à réaliser le ridicule d'une attitude qui, en plein jour, n'eût pas manqué de provoquer l'étonnement des passants. Isolé dans le noir, je ne cherchai pas à me dominer et j'attendis la détente naturelle de mes nerfs. Puis, je me sentis brusquement très las. Comment expliquer cette fatigue physique qui vous terrasse lorsqu'un événement, cependant prévu, se produit et confirme la destruction d'une illusion secrètement entretenue. Pourquoi étais-je venu ?

En l'espionnant devant sa porte avec entêtement, qu'est-ce que je cherche, sinon les signes d'un attachement imaginaire que je crois lui inspirer encore ? Ai-je nourri l'espoir de la voir tomber de fatigue contre un arbre ?... Je serais venu près d'elle, je l'aurais soutenue jusqu'à la porte. Mais non, ce n'est pas cela que j'attendais. En vérité, je n'attendais rien de précis et, mon malaise passé, je me suis éloigné.

J'ai gagné la Seine et marché jusqu'au pont de Solférino. Paris, ce soir, avait l'âge de mes souvenirs. J'ignore si c'est cette ville que j'aime encore, ou tout ce qui s'endort avec elle, cet indéfinissable tourment de l'été que les premiers brouillards apaisent. Enfant, au retour des vacances, je collais mon front contre la vitre du taxi qui, débouchant de la gare d'Orsay, nous emmenait le long des quais. Je dévorais la nuit lumineuse où plus tard je devais chercher en vain à atteindre ce monde qui se déplace en grappes sur la ville et se nourrit de plaisirs que je n'ai jamais goûtés. Ce soir encore, j'ai flairé ce monde-là dans l'ombre, avec un sentiment d'amertume et d'envie. Très jeune, il est vrai, j'ai réinventé dans cette ville l'univers de mes lectures, imaginant des êtres débauchés et tendres, vivant à l'abri de la foule qui à la fois les ignore et les applaudit.

J'ai pressé le pas. De luxueuses voitures, débouchant de la Concorde, s'engageaient sur le quai d'Orsay. De cet univers aussi, j'ai convoité l'artifice. Que n'ai-je pas souhaité conquérir dans cette ville ! Je la traverse, à présent, seul, pour prendre un train de banlieue.

CHAPITRE III

Au réveil, je suffoquais. Ces crises d'asthme matinales sont exceptionnelles. En général, elles s'annoncent le soir, après une cigarette dont la fumée, soudain, m'arrache les poumons, provoquant des quintes de toux sèches et interminables. Ou bien c'est en montant l'escalier qu'un essoufflement de vieillard, martelé par le bruit du cœur, me saisit, paralysant le thorax pris soudain dans un corset de fer.

Ce matin, renonçant au bureau, je suis resté assis devant ma toilette sans rien faire, versant de temps en temps, une rasade d'eau dans mon verre à dents que je vidais d'un trait. Rien d'autre ne me soulage... Je bois, je bois, et la fraîcheur du liquide dans mon gosier me donne brièvement l'illusion de l'accalmie.

La crise dure quelquefois deux jours. Il est rare qu'elle s'apaise comme aujourd'hui, vers midi.

J'ai déjeuné à la cuisine et suis sorti, un foulard sur le nez. J'aime, à travers la laine, aspirer de petites bouffées tièdes de brume, marchant à pas comptés pour éviter la fatigue, réglant ma respiration au rythme de celle d'un chien haletant. J'ai chargé Marie de téléphoner au bureau, mission dont elle se tire toujours bien et qui m'évite l'humiliation de donner moi-même des précisions sur mon état que le chef du personnel accueille généralement avec bonhomie, et une indifférence blessante.

Le vent d'ouest m'a chassé au fond du jardin, à l'abri des sapins, près du vieux tennis mangé de ronces. Je me suis assis sur un banc pourri que le jardinier rentrait autrefois, les premiers jours d'automne, avec les chaises et les fleurs du perron. J'ai regardé la prairie, un chêne dont la branche basse nous servait de portique. Les crochets rouillés du trapèze sont encore là et, plus loin, ce buisson chargé de boules blanches qu'avec mes cousins nous arrachions furieusement pour nous les jeter à la figure.

En rentrant, j'ai ramassé quelques marrons que j'ai enfouis dans la poche de ma pèlerine pour occuper mes doigts. Leur contact lisse me rappelle les jours de pluie que nous passions à confectionner d'énormes colliers. J'ai fait un détour pour aller voir près de la route mes châtaigniers. Et je suis resté là un bon moment à les regarder, essayant de me souvenir de leur taille lorsque je les ai plantés, et d'imaginer la forme qu'ils prendront plus tard, lorsque mes fils seront des hommes.

Enfant, j'aimais les jours d'hiver où les bûcherons attaquaient les vieux chênes. A présent, j'hésite à condamner ceux qui sont morts, leur laissant toujours le sursis d'une saison, dans l'espoir de les voir reverdir.

Quand je suis rentré, le jour tombait. J'ai

remonté la pendule du salon où je ne me tiens jamais. Les garçons aiment cette pièce. Dès le 15 août, ils allument volontiers le feu pour la soirée que nous passons autour de la cheminée où ils déposaient, à Noël, leurs souliers d'enfants. Aujourd'hui, ces rites les font sourire ; ils préfèrent un peu d'argent.

Dans ce fauteuil Restauration, près du guéridon, qui fut toujours la place de ma mère, je m'assieds à présent lorsque mes fils sont avec moi, car j'évite, en général, de l'occuper si je suis seul.

Il est rare que les enfants m'interrogent sur leurs ancêtres dont les portraits couvrent les murs. Quant à mes parents qu'ils ont peu connus, c'est à peine s'ils connaissent leur prénom. Un jour, Louis s'est inquiété de son grand-père, mais c'était pour savoir s'il était riche. Je ne sais moi-même presque rien de mes grands-parents et, au-delà, les noms s'embrouillent.

Mes petits-enfants, loin de fouiller ma correspondance pour savoir qui j'étais, la détruiront pour faire de l'ordre. Il suffit d'un demi-siècle pour effacer la trace d'un homme dans sa propre famille. Autrefois, cette évidence m'échappait. Je croyais volontiers à une tradition du souvenir se poursuivant de génération en génération...

Je viens d'être interrompu par un bruit étrange mais familier que je n'ai jamais réussi à localiser bien nettement et dont j'ignore la cause. Il se manifeste la nuit, lorsque le vent d'ouest souffle en tempête. On dirait les pas d'une bande d'enfants courant sur le palier du premier étage. Ce martèlement évoque aussitôt un souvenir précis : les courses folles auxquelles nous nous livrions autrefois à la tombée du jour, pendant les vacances d'hiver. Au lieu d'attendre que le bruit cesse ou d'essayer de n'y plus penser, je sors de ma chambre précipitamment et me penche sur la rampe de l'escalier. C'est ce que j'ai fait ce soir, un peu inquiet, car le vide de cette grande maison, auquel je suis cependant accoutumé, devient alors oppressant. Bien entendu, le palier était désert et absolument silencieux. Dehors, le vent ruminait dans les arbres du parc. A l'ordinaire, mon guet est bref et je rentre chez moi rassuré. Ce soir, je l'ai prolongé ; ou plutôt je suis descendu jusqu'au premier étage et, après un instant d'hésitation, j'ai ouvert la porte de la chambre que j'habitais avec Claire.

Une brève panique m'envahit tout d'abord, car la porte résista. Je la secouai avec une brutalité incroyable jusqu'à ce que l'idée me vint de tourner la clef. Elle céda aussitôt. Dans un état de fébrilité ridicule, j'avançai jusqu'à la tête du lit où je cherchai assez longtemps la poire électrique enlacée dans son fil derrière le traversin. La chambre, évidemment, était vide et conservait son odeur particulière de draps d'enfant. J'écartai le rideau ciré du cabinet de toilette et jetai un coup d'œil sur la cuvette pleine de mouches, sur la table blanche où Claire étalait ses brosses et sa pharmacie.

Pour me distraire, j'ouvris les tiroirs où je ne trouvai rien, sauf une brosse à cheveux bon marché qui lui avait appartenu. Je revins près du lit avec mon modeste butin que j'examinai attentivement à la lumière, en passant les doigts dans le crin dont je retirai quelques cheveux. Ils étaient longs, très fins et blonds, mais ne sentaient plus rien.

Assis sur le lit, face à la commode où Claire rangeait son linge, je regardai alors le tiroir où, un jour, en voulant y prendre un mouchoir parce que j'en manquais, j'avais découvert une photographie représentant un homme que je ne connaissais pas.

*

Depuis plusieurs jours, je n'écris plus rien. Au pied du mur, je manque de courage pour me retourner et expliquer. L'ennui, d'abord, de revenir sur un passé que je n'ai pas oublié, mais dont le déroulement reste confus dans mon esprit et que je risque, en l'exposant, de réduire aux dimensions d'un petit drame très commun. La crainte aussi de découvrir que ce petit drame, je l'ai forgé de toutes pièces pour nourrir mon imagination affamée. Enfin, la peur, mon récit achevé, de me retrouver plus sale, vieilli et abandonné.

J'en reviens à ma découverte.

Je remis la photo à sa place sous les mouchoirs et les bas. Loin de m'accabler, cet incident excitait mon imagination au plus haut point. Naturellement, j'étais inquiet mais, tout compte fait, j'éprouvais un sentiment plutôt agréable, comme un réveil de jalousie amoureuse, accompagné d'une sensation passagère de rajeunissement.

Pour prolonger mon plaisir et me payer le luxe d'observer ma femme attentivement, j'envisageai de me taire. Le soir même cependant, dès que je fus seul avec elle, j'abordai brutalement le sujet.

Claire ne marqua aucun embarras, mais je vis bien que la vulgarité de mes soupçons la bouleversait. Elle commença par me reprocher de fouiller dans ses affaires, ce que je ne cherchai pas à nier car, tout à coup, je souhaitais qu'elle découvrît en moi un mari soupçonneux et vil. Bref, il me plaisait assez de la décevoir et, de ce fait, de l'inquiéter. Sans m'en rendre bien compte, j'aspirais à jouer, provisoirement, le rôle banal de mari jaloux, rôle que j'improvisais avec un naturel inquiétant.

Décontenancé par son calme, je m'assis face à la cheminée et, sur un ton amusé, destiné à voiler ma honte, je la priai de s'expliquer.

Sa franchise me consterna. Cet homme l'avait aimée autrefois. Elle m'avoua qu'elle l'eût peut-être épousé si, à cette époque, elle ne m'avait rencontré.

— Pourquoi ne m'en as-tu jamais parlé ? dis-je, assez troublé à l'idée qu'elle aurait pu devenir la femme de cet étranger.

— Parce que tu ne me l'as jamais demandé.

— Ce n'est pas exact. Souviens-toi, je te questionnais sur ton passé, sur tes aventures.

— Ce n'était pas une aventure, puisqu'il n'y a rien eu.

— Pourquoi donc garder sa photo ?

— Parce qu'il a été tué en 40.

Je calculai rapidement que nos fiançailles

étaient antérieures à cette date. Ce n'était donc pas la mort de cet homme qui avait décidé de notre mariage. Cependant, cette mort n'arrangeait pas mes affaires. Elle entraînait dans l'ombre une partie de la vie de ma femme sur laquelle, par pudeur, je ne pouvais plus l'interroger. Enfin, j'étais déçu que cette aventure appartînt au domaine du passé. D'un seul coup, ma jalousie se trouvait désarmée et, toute cette fièvre délicieuse, qui m'avait agité dans l'après-midi, tombait. Mais j'étais bien davantage bouleversé d'avoir pris un si étrange plaisir dans le soupçon. Quelle n'était pas ma honte également de dévoiler à ma femme un mécanisme de préoccupations dont la photo froissée de cet inconnu donnait la clef. Ma réaction l'alerta. Ce ne fut ni déception, ni révolte, mais comme l'étourdissement qui suit un choc et nous fait murmurer : « Qu'est-ce qui m'arrive ? »

Nous sommes restés silencieux. Il était encore temps de m'excuser et, peut-être, de plaisanter, pour m'assurer qu'elle ne prenait pas cette petite scène au sérieux. De son côté, il eût été assez naturel qu'elle cherchât à me rassurer, en riant de ma jalousie. Mais nous ne disions rien, stupéfaits l'un comme l'autre de ce que j'avais imaginé.

Tandis que je feignais de lire, Claire m'observa à plusieurs reprises, brièvement. Je crois que pour la première fois de sa vie elle le fit avec appréhension. Que pouvait-elle donc redouter ? Je l'entendis casser le fil de son ouvrage avec ses dents et remarquai qu'elle s'y prenait à deux fois. Dans le feu, une bûche s'écroula. Au premier, un enfant errait dans la chambre et poussait son pot sous le lit.

Tous ces bruits qui résumaient l'harmonieuse monotonie de notre vie de famille, et auxquels je ne prêtais d'habitude que peu d'attention, je les écoutais ce soir-là avec anxiété, comme si le bonheur qu'ils exprimaient était sur le point de se dissiper.

Je ne sais plus ce qui me détermina à faire quelques pas dans le salon. Accablée par mon silence, Claire avait rangé son ouvrage et s'était tournée vers le feu, les mains jointes, cherchant, semblait-il, par son attitude, à faciliter une explication que déjà je ne désirais plus. Car mon trouble, si un vague sentiment de jalousie l'avait effectivement provoqué, se développait maintenant tout seul comme un incendie.

Je quittai donc la pièce sans dire un mot et sortis dans le jardin. Nous étions en juillet. Il faisait déjà nuit, une nuit fraîche et pluvieuse que le vent d'ouest, sans odeur, remuait. Je traversai le petit bois pour m'arrêter contre la grille qui borde la route. J'essayai alors de me raisonner, de m'analyser, sans rien trouver qui justifiât ma conduite. Je n'étais pas jaloux et ne songeais déjà plus à cet inconnu. Je découvrais tout à coup qu'il m'était agréable d'aimer Claire en entretenant entre nous ce désaccord imaginaire. Il me plaisait de la croire coupable et de la convaincre d'une faute qu'elle n'avait pas commise. La découverte de cette photo m'avait donné un avant-goût, une fringale de désordre et de souffrance.

C'est de cette époque que date mon détachement de la vie sociale. Toute mon attention devait en effet se porter sur ce personnage inconnu qui, brusquement, venait prendre ma place et me poussait à détruire ma paix intérieure et celle de mon entourage.

Malgré la pluie, je restai longtemps accoudé à la grille comme je le faisais autrefois, les soirs d'orage. J'étais satisfait d'être trempé jusqu'aux os. Cela faisait d'ailleurs partie de l'atmosphère de désordre dont je cherchais à m'imprégner, désordre apparemment calculé puisque, malgré mon désir de rentrer à la maison, je décidai de rester là, jusqu'à minuit, pour inquiéter Claire et aussi pour me punir.

Je revins à la maison en traversant la prairie. La lumière du salon était éteinte. Il faisait également nuit dans notre chambre. Je me glissai sans bruit jusqu'à la lingerie, sortis une paire de draps ; puis je montai directement au second étage. Je m'enfermai alors à double tour dans la pièce que j'occupe constamment aujourd'hui mais qui, à l'époque, était aussi humide que mal meublée, car elle servait de débarras.

Je fis mon lit. Faute de vêtements de nuit, je me couchai nu. J'avais, bien entendu, envisagé de passer par notre cabinet de toilette pour prendre mes affaires, solution à laquelle je ne m'étais pas arrêté, sachant qu'elle soulignerait le ridicule de ma décision et non son audace. Ce n'est donc pas sans ennui que je sacrifiais mon petit confort, découvrant ainsi combien mon geste était calculé. Je passai, en effet, un long moment dans le noir à regretter de n'avoir pu me laver les dents, indisposé par ce goût de tabac persistant et l'acidité de ma salive.

Claire, certainement, ne dormait pas et m'avait entendu. Je guettai donc les moindres bruits, m'attendant à ce que, d'un instant à l'autre, elle sortît de sa chambre pour venir me chercher. D'avance, j'étais bien décidé à faire le mort, tout en me demandant où me conduirait ce jeu dont le danger, parce que justement il me grisait et que j'étais loin de songer à y mettre fin, ne m'échappait pas. Ce qui me frappait, c'était mon inquiétude devant le déroulement de mes actes et mon impuissance à les contrôler. A diverses reprises, je me surpris en train de murmurer tout bas : « Mais pourquoi ? Pourquoi ? » Et dans le même temps, j'étais étrangement satisfait de ne rien trouver à répondre.

Claire ne sortit pas de sa chambre. Ce silence qui se prolongeait dans la nuit était absolument nouveau. Je dormis peu, me réveillai au petit jour et, n'osant, pour la même raison que la veille, pénétrer dans notre chambre, j'enfilai mes vêtements à peine secs.

Je descendis à la cuisine, préparai le café que je bus sans me presser en attendant l'heure du car. Le bruit du réveille-matin, la promenade somnolente du chat que j'avais dérangé me rappelaient ces lundis matins d'hiver où mon frère et moi déjeunions en silence avant de partir pour le collège.

Je fumai plusieurs cigarettes, me rinçai la bouche au robinet et quittai la maison avant que la bonne descendît. Dès que j'eus franchi le portail, je me sentis soulagé. Il m'était en effet agréable de penser que Claire m'attendrait toute la journée en se demandant dans quelles dispositions je rentrerais le soir.

Ma tenue (j'ai toujours eu une barbe très noire) surprit mes compagnons de voyage accoutumés à mon élégance bourgeoise. Mes vêtements fripés par la pluie, mes souliers crottés soulignaient l'aspect négligé de ma personne. J'entendis au fond du car des réflexions à mon sujet. Je n'aime pourtant guère attirer l'attention, redoutant le jugement que j'inspire aux riches comme aux pauvres qui ne reconnaissent jamais en moi un des leurs. Mais cette fois-ci, la raillerie à peine voilée dont j'étais l'objet me flattait. Elle consacrait la silhouette de mon nouveau personnage et m'encourageait à l'adopter.

En arrivant à Paris, je me fis raser avant d'aller au bureau où je passai une excellente journée, l'esprit excité par le drame que je préparais pour mon retour. Qu'allais-je faire ? Mes intentions étaient encore vagues lorsque j'eus franchi la grille pour remonter la petite allée dans le crépuscule. Il pleuvait. Je fis un détour par le potager afin de retarder le moment de notre rencontre. La fièvre qui m'avait excité toute la journée tombait soudain pour céder la place à un sentiment d'embarras et de honte vague.

Allais-je rougir et bégayer devant Claire ? Mon indécision se prolongea. Des hirondelles formaient de grands dessins rapides dans le ciel du village. Pourquoi ne pas attendre la nuit, prendre la route jusqu'à la gare et gagner Paris ? Quelle volupté de me sentir si près d'elle pour m'en éloigner à nouveau et dormir quelque part dans un hôtel louche. Un détail matériel me détourna de ce projet : l'état lamentable de mes vêtements, un besoin impérieux de propreté physique.

Mon hésitation se prolongea cependant assez longtemps. La nuit gagnait le jardin. Je remontai vers la maison.

Claire ne m'avait pas attendu et s'était mise à table avec les enfants. Il était rare que mes fils soient admis à dîner avec nous. D'ordinaire, ils prenaient leurs repas à la cuisine, à l'exception des jours de fête ou lorsque j'étais absent. Mon couvert cependant était mis, mais je compris tout de suite que Claire, redoutant une discussion ou le silence écrasant de l'hostilité, avait pris la précaution de s'entourer de ses trois garçons pour dresser un écran entre nous et éviter le malaise d'un tête-à-tête.

— Levez-vous, les enfants, dit-elle à mi-voix, en me voyant entrer.

Louis et Jean obéirent, mais Edouard qui n'avait alors que quatre ans resta assis. Elle le prit brutalement par le bras et le tira de sa chaise. Le gosse allait pleurer, mais elle lui chuchota à l'oreille, sur un ton menaçant et angoissé, des paroles qui eurent le don de le figer.

Ce spectacle me fit honte. Je réalisai avec stupeur la crainte qu'un homme malheureux peut inspirer. Ce pouvoir me grisa aussi, car au lieu de m'excuser, je gagnai ma place sans rien dire, ni regarder les enfants qui restaient debout, un vague sourire aux lèvres comme s'ils attendaient le moment où j'allais enfin rompre la glace et plaisanter. Mais ce fut Claire qui les pria de s'asseoir. Puis elle me regarda, visiblement inquiète de ma tenue. J'avais délibérément dénoué ma cravate et ouvert mon col, avant d'entrer. Des gouttes de pluie ruisselaient sur mes tempes. Mon veston trempé formait d'énormes plis sous les bras et aux coudes. Je devais aussi sentir le tabac mouillé, la terre ou la sueur. Mes mains, que je n'avais pas lavées depuis la veille, étaient grises, soulignant l'aspect malsain de mes doigts que j'ai toujours détestés.

Les enfants voulurent parler, mais Claire leur fit signe de se taire.

— Pourquoi les empêchez-vous de parler ? dis-je.

— Je pensais que cela vous gênerait.

Nous nous sommes regardés. Ma figure l'effraya certainement, car elle détourna rapidement les yeux avec une expression de crainte que je ne lui connaissais pas. Je refusai le potage sous prétexte qu'il était froid, puis je chassai mon fils aîné de la pièce parce qu'il avait ri.

Combien de fois, depuis lors, ai-je pris prétexte du rire de mes enfants pour les chasser de ma vue, et même les gifler dans un débordement de reproches odieux ? Le plaisir de faire mal dont je n'avais que vaguement soupçonné l'univers, lorsque j'étais enfant, devenait une tentation obsédante. Qui pouvais-je mieux blesser que ma femme et mes enfants, c'est-à-dire ceux qui dépendaient de moi et dont je vivais ? Si je ne les avais pas aimés, sans doute aurais-je rapidement renoncé à ce plaisir qui n'avait de saveur que dans la mesure où j'étais le premier et le plus directement tourmenté par ma cruauté.

Ce soir-là, je me payai le luxe de quitter la table avant la fin du repas, dans le but d'humilier ma femme et de lui prouver mon mépris pour cet ordre familial dont le dîner est un des rites. Elle mâchait lentement son fromage, et il me plaisait aussi d'attirer son attention sur le ridicule qui s'attache au fait de manger, sous un lustre de cuivre, symbole du confort bourgeois que j'aime et que je déteste à la fois.

Je montai aussitôt dans notre chambre, transportai mes affaires de toilette, mes vêtements, enfin tout ce qui m'appartenait, dans la pièce du second où j'avais passé la nuit. L'opération fut assez longue car, malgré mon désir de faire vite, j'évitai toute précipitation afin de ne pas être entendu, ce qui me conduisit à retirer mes souliers et à marcher sur la pointe des pieds au cours de mes allées et venues dans l'escalier.

Pendant ce temps, j'entendis Claire passer au salon et discuter avec la bonne. Puis elle se mit à lire une histoire aux enfants. Je n'ai jamais aimé sa voix, un peu sourde et brutale, presque sèche. Cependant, je me suis arrêté contre la rampe du palier pour écouter, imaginant les trois petits rassemblés autour d'elle, près du feu. Claire n'a jamais su lire à voix haute. Elle bute sur les mots, et le rythme irrégulier de sa voix prive le récit de cette monotonie qui fait l'attrait particulier de la lecture en famille comme de la prière du soir : ce bourdonnement confortable où l'esprit s'assoupit. Mais, cette lecture qui d'habitude avait le don de m'exaspérer (Claire se livrait rarement à ce genre de passe-temps) ressemblait ce soir à un appel déchirant. « Descends, semblait-elle implorer, je t'en prie, descends, ne nous abandonne pas. »

Sans doute avait-elle laissé la porte du salon entrouverte afin que sa voix montât jusqu'à moi. Sans doute aussi, avait-elle décidé cette lecture à ma seule intention, dans l'espoir de m'apaiser. Mais, il était trop tard pour envisager une réconciliation. Mon déménagement terminé, je me trouvais engagé dans une situation peut-être ridicule mais dont j'étais prisonnier.

Je disparus dans ma retraite. Pour m'occuper j'essayai d'y mettre un peu d'ordre. Je rangeai mes vêtements, mes livres sans conviction et dans un ordre que je voulais provisoire. J'allais d'un meuble à l'autre comme un automate, stupéfait de ce bouleversement volontaire que je m'imposais.

Les enfants montèrent se coucher. Je me surpris à guetter les pas de ma femme dans l'escalier, puis à parler tout seul, à mi-voix, sur un ton saccadé. C'était d'ailleurs toujours la même phrase stupidement rabâchée : « Qu'est-ce que je fais ?... Pourquoi ?... Pourquoi ?... » Je n'osais pas me déshabiller. Cette chambre qui m'est aujourd'hui si familière me faisait horreur. L'atmosphère que j'essayais d'y créer si rapidement se révélait une entreprise désespérée.

Claire monta à minuit. Je m'assis sur une chaise et attendis, certain qu'elle irait directement à sa chambre. Elle s'arrêta sur le palier, fit jouer le va-et-vient, puis continua sa marche.

Elle venait. D'un bond, je fus à la porte que je verrouillai sans provoquer le moindre bruit de serrure. Puis je repris ma place et allumai une cigarette. D'un seul coup, je retrouvai tout mon calme et une confiance absolue en moi. Elle frappa à la porte et aussitôt prononça mon nom.

— Que veux-tu ? dis-je d'une voix neutre.

— Laisse-moi entrer, dit-elle.

— Je suis couché.

— Ce n'est pas vrai.

Après un long silence, elle ajouta :

— Tu es fou ?

— Pourquoi pas, dis-je.

Elle tourna la poignée de la porte, mais n'insista pas.

— Que t'ai-je fait ? reprit-elle... C'est à cause de la photo ?

— A cause de tout.

— Tout ?

Elle ne pleurait pas, mais ce « tout » répété d'une voix grave et un peu sourde résumait certainement dans son esprit ce qu'il y avait d'inexplicable, d'involontaire et de fatal dans l'attraction qui nous avait conduits l'un vers l'autre et nous attachait.

— Je n'aime que toi, dit-elle avec fermeté.

Mais elle soupira aussitôt, et je compris qu'elle devait pleurer. Je n'avais pas envisagé une scène de ce genre. Loin de m'attendrir, elle consolida ma détermination.

— Va-t'en, dis-je.

— Tu es fou, répéta-t-elle.

— Ce n'est pas si simple, dis-je.

— De quoi as-tu envie ? Que veux-tu ?

Je ne répondis pas et me levai pour commencer à me déshabiller.

— Ouvre, dit-elle d'une voix sourde.

Je faillis céder. Je titubais. J'avais envie de la gifler, de glisser mes mains le long de ses épaules jusqu'à son cou, et de le serrer jusqu'à la limite de l'étouffement. Mais j'avais aussi envie de pleurer, tout en l'embrassant avec ferveur, de me coucher par terre, de la voir à genoux devant moi, penchée sur moi, me couvrant de baisers.

J'étais debout, en face de l'armoire à glace. Mon visage mince, régulier, aux pommettes saillantes, me faisait horreur.

Claire s'était tue. Je l'imaginais, affalée contre le mur du couloir.

— Tu as raison, dis-je avec calme, je suis fou...

— Je t'aime comme tu es, dit-elle... non tu n'es pas fou.

— Va-t'en.

— Tu ne veux plus me voir ?

— Va-t'en.

— Ecoute, souffla-t-elle, bouleversée, ce n'est pas à cause de cette photo ?

— Si.

Je mentais. Depuis lors, je me suis souvent demandé si la jalousie que j'avais manifestée à l'occasion de cette découverte n'avait pas été exclusivement calculée dans l'espoir de briser l'union de nos deux solitudes et de trouver une issue quelconque à ce besoin irrésistible mais toujours insatisfait que j'avais d'elle.

CHAPITRE IV

Cette longue soirée d'hiver occupée à revenir sur un passé où je tâtonne m'a épuisé. Je ne dis rien, je n'ose rien dire, je place habilement un mot qui modifie le véritable sens des faits ou de mes pensées.

Dès le réveil, mon esprit y est cependant revenu et, dans le train, je n'ai cessé de ruminer mes angoisses et de me poser des questions. D'habitude, au bureau, je parviens sans trop de mal à dissimuler, sous des réflexes professionnels mon inattention, mais aujourd'hui, je suis resté absolument silencieux et amorphe au milieu de l'agitation générale de mes collègues.

Dans la soirée, j'ai projeté de rester à Paris et de passer la nuit dans ce petit hôtel de la rue Vaneau que je connais bien, où la patronne s'arrange toujours pour me donner la même chambre. L'idée d'une aventure féminine m'a également traversé l'esprit. J'avais prévu, si le cinéma se révélait infructueux, de rôder dans le quartier Saint-Michel. A dire vrai, ma timidité et la crainte de tomber sur une fille sotte me décidèrent à abandonner mon projet. L'inconstance de mes besoins sexuels fut déterminante, car je préfère aujourd'hui renoncer au plaisir plutôt que d'assumer le risque, en le recherchant, de sentir qu'il m'échappe. Je crains aussi de ne plus plaire aux femmes et d'essuyer des rebuffades.

J'ai donc pris le train et traversé, dans un compartiment vide, cette banlieue du nord dont, enfant, je dévorais des yeux, à travers la vitre du wagon, ce noir enchevêtrement de murs gigantesques et d'usines que percent, çà et là, des fenêtres jaunes barrées d'une croix. L'angoisse de la misère qui m'étreignait alors, parce qu'elle était inaccessible, s'est effacée aujourd'hui devant un sentiment de gêne auquel l'étonnement n'est pas étranger. Je ne m'accoutume pas à ce grand silence qui pèse sur la pauvreté de tout un monde dont le sommeil s'étire jusqu'à près de quatre lieues de Paris : ... Saint-Denis, Pierrefitte... Je connais par cœur le déroulement de ces images glauques où s'entrecroisent rails, ponts de fer, écluses, verrières d'usines qu'éclairent les feux de l'enfer. Peu de choses ont changé depuis trente ans. A chaque voyage, je retrouve aussi l'odeur de suie qui imprégnait autrefois le coussin des banquettes et cette vapeur grasse qui monte d'on ne sait où, embue les vitres et engourdit le cœur.

Assis dans un coin, j'ai cherché mon pouls car je frissonnais. Ma mère autrefois se chargeait de mes petits maux. A présent, je dois en faire moi-même l'examen et me soigner seul.

Il pleuvait quand je suis sorti du car, place de l'Eglise.

Les gens m'ont poussé dehors. J'ai failli tomber sur le dos, dans le ruisseau. Ce car du soir, qui assure la correspondance avec le dernier train, est toujours plein. J'ai injurié quelqu'un dans l'ombre, mais on ne m'a probablement pas reconnu car des femmes, qui stationnaient sur la place, ont ri. Je me suis éclipsé sans me retourner, en suivant l'allée d'arbres taillés dont les feuilles, au printemps, forment d'épais bouquets. En hiver, ils ressemblent à des moignons noirs et menaçants.

Marie avait laissé un mot sur la table de la cuisine pour m'expliquer qu'elle avait dû partir à cause de sa nièce qui accouchait. Il y avait aussi une lettre du collège que je n'ai pas ouverte.

J'ai mangé, debout, une cuillerée de lentilles froides, un bout de fromage. Puis je me suis assis pour fumer.

Qu'allais-je faire ? Dès que je suis fatigué, je me pose cette question. Aujourd'hui, il est rare que je ne rentre pas de Paris les jambes moulues, la bouche pâteuse, l'esprit paresseux. Toute ma vivacité, encore intacte le matin, s'use au contact des gens et par l'abus du tabac.

Naguère, je conservais en rentrant le soir un besoin d'activité qui me permettait, avec un peu de volonté, de lire et même de faire des projets de travail personnel. J'organisais ma soirée, et la façon dont je l'occupais ne me paraissait pas absolument vaine. Mais depuis peu, d'incohérentes rêveries m'envahissent et me conduisent souvent au bord des larmes dont, immobile et engourdi, je guette la brûlure sur mes yeux.

Il y avait un reste de café froid, que j'ai bu. Cela m'a réveillé. J'ai d'abord mis le nez sur le perron, puis je suis sorti.

Le parc n'est pas grand. On en fait le tour en moins d'un quart d'heure. Dans le noir, je me guide à travers les allées comme un vieux chien. J'ai suivi le chemin qui conduit aux sapins dont le souffle est, comme on dit, une « plainte », mais à laquelle je suis indifférent depuis longtemps. Ces arbres, cette nature qui a été le témoin de ma vie, n'ont au fond de moi qu'un vieux goût écœurant de nougat. Les choses ont perdu leur merveilleux et ne sont plus que des choses, absolument mortes, où je retrouve quelquefois, comme un cœur grossier taillé dans l'écorce d'un chêne, la trace de mes actes les moins anciens.

Ce soir, après avoir quitté la voûte des sapins, je suis brusquement revenu sur mes pas pour m'arrêter devant un taillis. J'ai allumé ma lampe de poche et reconnu aussitôt, au milieu des feuilles, ce petit chêne brisé à sa base.

C'est dans ce buisson que, le lendemain de notre discussion à travers la porte de ma chambre, j'ai poussé Claire, pour ensuite la renverser brutalement. Le petit chêne s'est cassé net sous ses reins. Je me suis précipité à genoux devant elle et je l'ai frappée au visage, me retenant, malgré ses jambes qui étaient là, nues, tout contre moi, dans les feuilles mortes et le lierre, de commettre je ne sais quel acte fou.

Profitant du tour de jardin que je fais habituellement en rentrant de Paris, elle était venue à ma rencontre et m'attendait sous les tilleuls. Je ne l'avais d'abord pas vue à cause de l'ombre que forment les branches à cet endroit du parc ; mais brusquement, et au moment où Marie agitait sur le perron la cloche du dîner, elle se précipita sur moi et, me prenant les deux bras à pleines mains avec la force d'un homme, elle me supplia de ne pas l'abandonner. Peut-être me serais-je laissé fléchir si elle n'avait eu la sottise de répéter : « A cause des enfants, à cause des enfants », ce qui semblait exclure tout autre motif de réconciliation et de paix. Excédé, je me débarrassai de ses mains et la repoussai avec violence. Elle buta contre le talus du chemin et tomba. Le bruit de sa chute dans les branches, la chaleur, la blancheur de ses genoux et de ses cuisses que je devinais dans la pénombre, je ne sais au juste ce qui détermina ma colère et le besoin de m'acharner sur elle. Mais elle ne dit rien, et je sentis que ses mains devenaient molles.

Je n'avais plus de force dans les bras comme si les gifles que je venais de lui donner au hasard, en me meurtrissant les doigts contre les branches, avaient épuisé, non ma colère, mais toute la force musculaire que je tiens dans les épaules et dont j'étais si fier autrefois.

— Lève-toi, dis-je.

Mais elle ne bougea pas. Je ne répétai pas mon ordre et m'éloignai seul en coupant à travers la prairie. Une bande de jeunes paysans bavardait sur la route, à la clôture du jardin. Je m'arrêtai comme une bête affolée pour les écouter et vérifier qu'ils n'avaient rien entendu. Rassuré, je restai quelques instants immobile avant de continuer ma course jusqu'à la maison. Le bourdonnement nocturne de l'été m'entourait comme autrefois. Complice de mes voluptés d'enfant, il devenait soudain le témoin indifférent de mon forfait dont j'étais accablé. Mes mains que je tâtais me parurent étrangères. C'étaient celles d'un inconnu que, depuis les premiers étés de ma vie, la rumeur des insectes annonçait. Et, tout à coup, cet inconnu se tenait debout dans les herbes, tremblant de peur.

Les enfants ne nous avaient pas attendus. Ils se levèrent de table en me voyant entrer. J'étais un peu essoufflé. Mon visage devait exprimer une espèce de gêne et de fureur rentrée, car Louis me regardait sans m'interroger.

— Maman va venir, dis-je... ne l'attendez pas.

Ils obéirent avec précipitation et dans un silence horrible, sans se regarder, car ils savaient que je les observais. Puis je m'assis.

Il était facile, en écoutant ma respiration, de comprendre que j'avais couru. Mes bronches sifflaient. Je suffoquais, reprenant le souffle à grand bruit de poitrine comme si je retenais des sanglots. Je devais offrir un spectacle assez effrayant. Et c'est peut-être la pitié et la crainte de mes enfants qui me gênaient par-dessus tout.

Marie nous avait servi le ragoût habituel que mes trois fils, parce qu'ils avaient faim, mangeaient, indifférents à cette odeur de graisse chaude qu'aucun fils de riche n'aurait supportée sans une moue de répulsion. Cette odeur de graisse, toute la tristesse qu'elle exprimait se trouvait démesurément aggravée par le malaise que j'imposais à mes enfants, par cette atmosphère de détresse qui, à travers le silence, pesait sur nous quatre, à cause de moi dont ils avaient honte sans le savoir. Mais ils étaient trop petits pour donner son vrai nom au sentiment que je leur inspirais. Ils croyaient me redouter. C'est bien ce qui me poussa, pour les déconcerter, à me tenir mal devant eux. Ma main droite tremblait, mais il était facile de me pencher davantage sur mon assiette pour éviter de souiller ma veste en mangeant. Or, profitant de mon tremblement, je prenais un plaisir évident à répandre du ragoût sur mon veston en feignant de ne me rendre compte de rien, attitude d'autant plus vile que mes fils, habitués à ma sévérité pour les questions secondaires de cet ordre, se tenaient toujours bien à table.

Que se passa-t-il dans leur esprit ? Je crois que ma saleté les effraya. Le plus jeune regarda ses frères, sa figure se contracta, devint une grimace propre aux enfants qui vont pleurer. J'eus peur et je lui souris en m'essuyant.

— Papa est sale, dis-je avec embarras.

Ils n'osaient plus me regarder. L'absence insolite de leur mère augmentait mon malaise. C'était une gêne assez ignoble. Je regardai d'abord mes mains pour m'assurer qu'elles ne portaient aucune trace de sang, comme si je voulais avant tout vérifier que je ne pouvais l'avoir tuée. Mais l'avais-je vraiment frappée ? Je n'en étais déjà plus certain ; mes souvenirs se brouillaient. Je la voyais cependant, couchée dans le buisson, les jambes un peu écartées, j'entendais le craquement du petit arbre qu'elle avait brisé en tombant. Mais j'avais perdu la mémoire de tous mes gestes dont le détail ne m'est jamais revenu nettement à l'esprit. Il ne m'est pas davantage possible d'assurer que c'était, avant tout, la crainte d'avoir accompli un mauvais coup qui me torturait, car je redoutais aussi la révélation publique de ma brutalité. Claire ne parlerait pas. Mais comment dissimuler mon forfait si je l'avais sérieusement blessée ? Qu'expliquerais-je aux enfants, à la bonne, au médecin ?

Après dîner, je sortis aussitôt. Marie m'observait de la cuisine. J'allumai une cigarette et m'éloignai à pas distraits.

Claire n'avait pas bougé.

Comment ai-je eu la force de la porter ? Pourquoi me suis-je plié à cette exigence qu'elle manifestait d'une voix plaintive ? Ce rêve que font tous les jeunes hommes de porter dans leurs bras la femme qu'ils aiment pour fuir un danger ou la voler comme une proie, je le réalisais avec Claire pour la première fois sans savoir si j'y trouvais du plaisir ou un apaisement.

Cela me rassurait de sentir son corps vivant contre moi. Je ne l'avais donc pas tuée. Et je savais que je tomberais de fatigue, en la tenant dans mes bras, plutôt que de la lâcher.

L'étreinte de mes bras se détendait sous le poids de ce corps énorme. Claire pesait plus lourd que moi. Comment une femme accepte-t-elle l'appui d'un homme physiquement incapable de la défendre. Avais-je jamais défendu Claire ? Contre qui ? Contre quoi ?

Elle me serrait le cou étroitement. On eût dit qu'elle s'efforçait de paralyser mes mouvements ou de me faire basculer en avant. Je ne voyais rien. Sa chevelure tombait sur mes yeux et collait à ma face en sueur. Elle sanglotait. Nous approchions de la maison. Je lui dis de se taire, mais j'étais trop faible pour m'exprimer avec autorité. Ma voix ressemblait à une plainte désespérée qui l'excita sans doute, car elle me mordit doucement le bras, assez profondément cependant pour que je sente ses dents sous ma veste. Je ne souffrais pas, mais à mesure que nous approchions du perron, elle enfonçait un peu plus sa bouche dans ma manche.

Les enfants étaient à la cuisine avec la bonne et ne nous entendirent pas rentrer. J'avais hâte de voir Claire à la lumière, mais le vestibule était plongé dans le noir. Je n'osai pas m'arrêter pour allumer.

Au pied de l'escalier, elle me demanda de la lâcher et monta seule devant moi, ce qui me rassura. Mon bras qu'elle avait mordu me faisait tout à coup horriblement mal, mais c'était une douleur plutôt agréable, une punition physique nécessaire.

— Tu vas rester avec moi cette nuit, tu ne vas pas me laisser seule, dit-elle en se jetant sur son lit.

Je lui dis d'allumer.

— Tu veux voir ce que tu m'as fait ? reprit-elle.

— Allume, dis-je.

— Pourquoi ? Je n'ai presque rien.

Je fus surpris et rassuré. Claire n'avait effectivement aucune trace visible de coups. Un peu de terre salissait ses genoux. L'écorce de l'arbre, qui s'était brisé sous le poids de son corps, avait laissé une marque brune sur sa robe. Cette comédie, elle ne l'avait jouée que pour m'inquiéter. Au lieu de m'irriter, cela me soulagea.

Elle me demanda encore une fois de passer la nuit près d'elle, mais je refusai, affectant une colère sourde sans manquer de lui expliquer à l'aide de quelques mots méprisants et cruels qu'elle s'était payé ma tête. Elle ferma les yeux et dit avec calme : « Tu vas me rendre folle. »

J'allumai une cigarette et fis quelques pas dans la chambre que je ne pouvais me décider à quitter, alors que j'étais bien certain de ne pas y passer la nuit. Il me plaisait cependant d'entretenir en elle un doute à ce sujet, et peut-être aussi en moi-même, comme si la réconciliation qui n'eût pas manqué d'en découler me tentait. Mais je sais bien qu'elle ne me tentait qu'à cause du plaisir que je prenais à l'éviter. Ainsi se conduisent les impuissants à l'égard des femmes qu'ils croient désirer. La peur du fiasco les retient toujours, en fin de compte. De même redoutais-je le néant de notre bonne entente d'esprit et l'ennui de cette vie uniforme dont j'avais enfin rompu la monotonie.

Mon impuissance à créer le bonheur entre nous me poussait, pour éviter l'épreuve de l'échec, à inventer les uns après les autres tous les obstacles, retardant ainsi l'échéance de notre défaite.

*

Profitant de mes occupations à Paris, je m'arrangeais, certains soirs, pour ne revenir à La Houdray que par le car de minuit. D'habitude, je prévenais Claire, mais il m'arrivait, par calcul, de m'en dispenser. Soirées vides que j'occupais dans un café près de la gare, lisant les journaux et regardant l'heure qui ne passait pas. Si je décidais de rentrer dîner, je mangeais en silence et montais aussitôt le repas fini. Quelquefois, je restais au salon pour discuter de questions matérielles mais, de préférence, je réservais ces conversations pour la table.

Les enfants qui, dès le début, avaient senti ce malaise sans le prendre au sérieux ni le comprendre, peu à peu flairèrent un danger et devinrent taciturnes.

D'un mot cependant, je pouvais les rassurer si je le voulais. Mais le pouvais-je ? Où trouver assez de volonté dans ce personnage confus qui, sans raison, passait de la douceur à la colère, de la confiance à la suspicion, de la gaieté à l'humeur et au désespoir ? Combien de fois ai-je décidé d'aller embrasser les enfants dans leur lit pour, en pénétrant dans la chambre, les réveiller brusquement et me retenir de les frapper ?

Si ma réputation était en jeu, je savais cependant me composer un personnage sur mesure. Je songe aux rares visiteurs qui franchissaient le seuil de la maison. Devant eux, par prudence et avec une surprenante hypocrisie, j'affichais, dans ma tenue et mes propos, une sérénité de père de famille, affectant à l'égard de ma femme une politessse sans contrainte, écoutant ses propos avec intérêt et feignant, auprès de mes enfants, de jouer le père débordé.

Détail étrange, ces visites me soulageaient, suspendaient mon malaise et m'aidaient passagèrement à me retrouver.

CHAPITRE V

L'hiver ressemble ici à un paysage de peintre flamand. La nature y prend l'aspect physique de la mort humaine. Les arbres ne sont plus que de grands bras décharnés, et les routes boueuses conduisent vers le néant. Dans les champs déserts, les meules de paille, ruines pourries d'un monde inconnu, se partagent l'horizon gris où s'étirent des nuées de corbeaux désœuvrés. Le long des chemins de terre plantés de vieux pommiers, où quelquefois je vais tirer des grives, les promeneurs sont de vieilles gens, tassés, le regard ignorant, le corps raidi par on ne sait quel ennui de vivre. Le plus souvent, ils stationnent sur le talus comme des guetteurs morts de froid à leur poste.

Mes fils sont partis ce matin pour le collège. Un voisin qui reconduisait ses enfants les a pris en voiture devant la grille, m'évitant ainsi ce retour dans l'auto vide au petit matin.

Il faisait encore nuit lorsque je les ai entendus dévaler l'escalier. Pourquoi n'ai-je pas bougé de mon lit pour aller les embrasser et réchauffer le café que Marie a préparé hier ? Couché sur le dos, les mains derrière la tête, j'écoutais les bruits de la cuisine, leur conversation basse et confuse. Ils ont ouvert le buffet, tiré de l'eau, laissé tomber le tisonnier, et je crois bien qu'ils se sont disputés. J'ai entendu le grincement du volet de la cuisine, et ils ont pris à travers la prairie pour descendre jusqu'à la grille.

Ils n'étaient pas mécontents de partir seuls. J'ai la fâcheuse habitude de leur poser des questions et de leur faire des observations inutiles. Je les presse, je les secoue, me vengeant ainsi de mes angoisses de collégien que je m'efforce en vain d'éveiller dans leur conscience tranquille, comme si je cherchais par là à me reconnaître en eux. Mais ils n'ont de moi que les trait et ne soupçonnent pas que je les voudrais malheureux et inquiets pour les consoler, les caresser et balbutier des mots de tendresse.

Pendant ces deux jours de vacances, ils ont organisé leurs jeux en dehors de moi, ne se montrant qu'aux repas, indifférents à mes questions, ricanant parfois, se disputant avec une hargne de grandes personnes, sans que j'ose intervenir pour les calmer, moins encore pour les gronder.

Autrefois, je n'hésitais pas à être dur, parce que je croyais qu'ils m'aimaient. Mes paroles avaient un prix. Elles étaient l'expression d'une vérité confuse mais que mes enfants ne mettaient pas en doute. J'avais, avec des mots, fabriqué pour leur esprit un personnage estimable. Aujourd'hui, ils ont découvert que mes attitudes masquaient un grand vide, sinon une duperie.

J'avais fait des projets de promenades et choisi dans la bibliothèque une pièce de théâtre que je comptais leur lire s'il pleuvait. J'avais réfléchi aux sujets de conversation que je pourrais aborder à table sans les ennuyer, bâti en imagination un emploi du temps confortable où je tenais enfin le rôle d'un père distrayant. Mais toutes mes belles intentions se sont évanouies dès leur arrivée, car j'ai senti qu'ils n'attendaient rien de moi.

Ils ont donc joué de leur côté, comme d'habitude, et je suis resté seul au salon où j'avais cependant fait allumer un feu dans l'espoir de les attirer près de moi. Mais ils ont préféré rester dans leur chambre ou à la cuisine, sortant quand il ne pleuvait pas pour tourner à bicyclette autour de la maison. Du salon, je les observais sans bouger de mon fauteuil, n'osant approcher de la fenêtre de peur qu'ils s'imaginent que je les épiais. En fait, sans me montrer, c'est ce que je n'ai cessé de faire pendant tout le week-end.

Dimanche, en sortant de la messe, je ne sais quelle audace m'a poussé à dire : « Moi, je vais faire un tour », dans l'espoir qu'ils me suivraient. Mais ils n'ont pas voulu comprendre mon invitation. Ou peut-être me suis-je exprimé sur un ton trop brutal. Bref, je me suis retrouvé seul sur la route mouillée.

*

J'aime cette route qui va à la rencontre du vent d'ouest. A l'horizon, la ligne des champs d'où montent des nuages de pluie et les orages.

Paris n'est qu'à dix lieues. L'autocar du soir que je prends place de la Villette traverse cette vaste plaine avant de descendre en trombe la grand-rue du village.

Il ne pleuvait pas. J'ai marché jusqu'au hangar où les fermiers entassent la paille des moissons. C'est là qu'un soir d'été, surpris par un grain, je me suis abrité, surveillant la route déserte et le bruit des rats dans la paille. C'est à cet endroit, aussi, qu'une nuit d'hiver l'autocar est tombé en panne. Les voyageurs avaient froid, car il gelait. A côté de moi, se trouvait une femme légèrement vêtue qui se plaignait. Je portais un manteau bien épais, mais l'idée ne m'est pas venue à l'esprit de le lui proposer. Dehors, le mécanicien grelottait devant son moteur ouvert. Puis, la neige s'est mise à tomber. J'ai allumé ma pipe. Nous n'étions pourtant qu'à un kilomètre de chez moi.

Je ne me lasse pas de ce trajet qui dure près de deux heures et s'accomplit généralement la nuit. Tassé dans mon coin (je m'arrange pour occuper toujours le même siège), je dévisage les gens dans le noir, j'écoute leurs conversations, me laissant bercer par le grondement des roues sur les pavés de banlieue. C'est peut-être alors le meilleur moment de la journée. Les gens se taisent peu à peu, puis le car s'enfonce dans la campagne, au milieu des arbres de la route ruisselants de pluie. L'odeur de cuir et d'huile se mélange au parfum des passagers qui m'entourent. La plupart sont des paysans dont les vêtements noirs sentent le cimetière et l'étable. Je les connais presque tous. Ils viennent en ville une fois par mois, mais on dirait qu'ils n'ont jamais quitté le village. Dans le noir, ils dorment ou regardent avidement le champ lumineux des phares. Ils s'agitent au premier arrêt et se bousculent en silence, épelant d'une voix inquiète le nom de leur hameau qu'ils ne reconnaissent pas. Quelques-uns descendent par erreur, remontent et restent debout, n'osant reprendre leur place vide.

La première étape est une ville que traverse une seule rue. Des murs de fermes, quelques peupliers, un clocher d'ardoise avec sa flèche affaissée, la signalent dans la plaine, les soirs d'été. En hiver, le grondement des roues sur les pavés de la rue, seul, annonce cette agglomération morte que le car traverse en trombe pour ne s'arrêter qu'aux dernières maisons. L'une d'elles se distingue des autres. Elle est entourée d'un joli jardin ; des rideaux de tulle ornent naïvement ses fenêtres. Une grille, un perron, un cèdre dominant le toit bourgeois, donnent à cette demeure un aspect si tranquille que je la contemple chaque matin avec curiosité et envie. Je sais pourtant depuis longtemps qu'il ne s'y passe rien d'extraordinaire. Le mystère dont mon imagination l'ornait autrefois est à présent effacé, malgré les suites fatales de ma curiosité qui me conduisit un soir à en franchir le seuil.

C'était à la fois l'aspect désert et habité de cette villa qui en faisait le principal attrait. Jamais, en effet, je n'avais surpris un visage derrière les fenêtres ou une silhouette dans le jardin. Il est vrai que je n'y passe que de bonne heure ou à la nuit tombante. Mais par quel hasard, depuis de si longues années, les habitants de cette maison ne s'étaient-ils jamais manifestés au moment où passait le car ? Il y avait là quelque chose d'absurde, d'irritant, mais aussi d'insolite. Sans doute serais-je encore sur ma faim si, un soir, un homme n'était descendu du car pour traverser la rue et pousser le portail. Cet homme, à Paris, avait pris place à côté de moi. C'était la première fois que je le voyais. A cause de l'obscurité et de son aspect neutre, je l'avais à peine remarqué. D'habitude cependant, j'observe les visages nouveaux. Mais j'eus certainement l'intuition qu'il s'agissait d'un passager tout à fait occasionnel, étranger au pays et indifférent à tout ce qui s'y passait. Je ne me serais donc jamais souvenu de lui si, tout à coup, en le voyant franchir la grille de la maison, il n'avait pris à mes yeux une importance considérable. Rassemblant alors mes souvenirs, quelques traits particuliers de ce personnage, que j'avais si mal observé, se précisèrent. Tout d'abord, je me souvins qu'il portait une petite serviette dont il semblait fort embarrassé, détail qui m'avait permis d'observer sa nervosité et ses mains trop petites pour un homme. Mais c'est surtout sa politesse qui me frappa. Avant de s'asseoir, n'avait-il pas pris la peine de me demander si le siège était libre, délicatesse assez inattendue dans un car fréquenté par des gens simples, délicatesse d'ailleurs inutile puisque la moitié du car était vide lorsqu'il y monta. Peut-être désirait-il cette place sans raison précise, mais d'une manière impérieuse, comme cela nous arrive à tous en voyage. Ce qui me surprit bien davantage, et je m'étonne de n'y avoir été sensible que par le jeu de la mémoire, c'est la gêne qui m'envahit dès qu'il eut pris place à mes côtés. A vrai dire, c'était un sentiment beaucoup plus aigu, une sorte de crainte et de répulsion favorisée sans doute par l'extrême politesse de cet homme, le parfum féminin qui se dégageait de ses vêtements et l'odeur douceâtre de sa cigarette.

Le car démarrait lorsqu'il gravit l'escalier du petit perron, de sorte que je ne pus vérifier s'il disposait d'une clef pour pénétrer dans la maison. Bien entendu, les voyageurs n'avaient pas pris garde à cet inconnu. Ils ne se souciaient pas davantage de cette demeure bourgeoise devant laquelle, depuis des années, bon nombre d'entre eux passaient tous les matins. Elle n'intéressait que moi seul. C'est sans doute la raison pour laquelle je m'étais toujours refusé à me renseigner sur son propriétaire. Le vrai est que je redoutais d'être déçu et qu'il me plaisait de ne rien savoir, pour tout imaginer à ma guise. C'est bien là un trait de ma nature qui m'a permis de nourrir des rêves à l'égard de mes semblables et de fausser ainsi les rapports les plus simples de l'existence. Le mystère dont j'auréolais cette maison était de même nature que celui dont j'entourais les pensées secrètes de ma femme. Je voulais qu'il s'y passât quelque chose d'insoupçonnable, d'étrange, de bizarre. C'est peut-être la raison pour laquelle j'espérais ne plus jamais rencontrer ce petit voyageur parfumé, de peur de le trouver anodin et de reconnaître que la répulsion qu'il m'avait inspirée n'était que le fruit de mon imagination.

Des semaines devaient s'écouler, en effet, sans qu'un nouvel incident vînt assouvir ma curiosité. Le petit homme n'apparut plus dans le car que je prenais maintenant fréquemment pour être certain de ne pas le manquer, sans savoir au juste quel serait mon comportement si je le rencontrais une seconde fois.

Nous étions au début de l'hiver, et il y avait déjà quelques mois que je m'étais réfugié dans la chambre du second étage. Claire organisait sa vie sans moi, avec les enfants. Ce n'est pas ma conduite qui la bouleversait, mais la lente découverte qu'elle vivait avec un inconnu dont, et c'est de cela que notre malheur est né, elle ne devait jamais chercher à comprendre le comportement, parce qu'elle se faisait du mariage et de l'homme, de la vie en somme, une idée conventionnelle et même un peu enfantine. Cette ignorance, ce défaut de curiosité pour les chemins secrets de mon âme, je découvrais qu'ils étaient à la source de ma solitude. Et la conscience que j'en avais soudain, justifiait ma rancune et mon besoin d'isolement.

Aux pluies mornes de l'automne succéda, après quelques jours de brouillard, un vent d'est glacial. Puis, un ciel uniformément gris s'étendit pendant des semaines sur la campagne. Les paysans ne travaillaient plus. Les enfants du village piégeaient les oiseaux affamés. Claire cousit sur mon col de manteau, une peau de lapin que mon père avait portée autrefois sur sa gabardine. J'allais ainsi attendre tous les matins l'autocar de Paris, coiffé d'un béret crasseux que j'enlevais dans le métro. En rentrant, j'arrivais toujours en avance à la station de départ pour être sûr d'avoir ma place que je gagnais en bousculant dans l'obscurité les gens qui attendaient.

Un soir, je crois bien que c'était le plus froid de l'année, la voiture allait démarrer quand un homme surgit au milieu de la rue en faisant des signes affolés. Je reconnus aussitôt mon voyageur et m'assurai que la place à côté de moi était libre. Elle l'était en effet. Il vint cette fois-ci l'occuper sans hésitation. Bien qu'il eût couru, il ne manifestait aucun signe d'essoufflement. J'en conclus qu'il devait être encore très jeune et en bonne santé, le souffle étant à mes yeux la qualité physique la plus remarquable. Je l'enviais de pouvoir fumer cigarette sur cigarette et d'être bien habillé, détail que je n'avais pas remarqué la première fois. Enfin, son odeur n'était pas désagréable. C'était celle d'un homme discrètement parfumé. Elle laissait même deviner une forte virilité, une certaine obsession de la femme, un besoin pressant de séduire et d'abandonner. Il me plaisait de déceler en lui tant de séduction. Il me dégoûtait, c'est vrai, mais j'étais ravi qu'il me dégoûtât.

Le car roulait lentement à cause de la neige qui formait sur la route un tapis glissant. Autour de nous, les gens parlaient et se plaignaient du froid. Seuls, mon voisin et moi gardions le silence. Je ne crois pas, durant tout le trajet, m'être risqué à faire un geste susceptible d'attirer son attention. Mais je savais bien qu'il était attentif à ma présence et que mon effacement, la masse immobile que je formais dans mon manteau trop large, l'intriguaient. S'il ne me reconnaissait pas, il avait en tout cas le sentiment de m'avoir déjà rencontré. Il était également impossible qu'il ne fût pas gêné par l'acuité de ma curiosité silencieuse. Tout se serait cependant déroulé comme le soir de notre première rencontre si un incident imprévisible ne m'avait soudain poussé à un acte d'une incroyable audace.

Mon voisin venait en effet de descendre et le car s'apprêtait à démarrer, quand on nous apprit que la route était barrée à la sortie de la ville par un camion qui avait dérapé sur le verglas. Le chauffeur nous invita donc à descendre au café en attendant que l'on dégageât la chaussée. Je fus debout le premier et bousculai les voyageurs pour gagner la portière. Mon cœur s'était mis à battre avec une violence si soudaine que je vacillai. Mon voisin avait déjà traversé la rue. J'eus tout juste le temps de le voir qui poussait derrière lui la grille de la villa et s'éloignait à travers le jardin sans se retourner. Les gens du car s'étaient groupés autour de moi sur le trottoir comme si la place que j'occupais était la seule qui convînt pour attendre, alors que le café n'était qu'à quelques mètres de là et que je désirais ardemment me trouver seul. Mais le froid ne tarda pas à décourager les moins frileux qui, par petits groupes, gagnèrent le bistrot. Alors, je traversai la rue et m'arrêtai devant la grille en regardant à travers les barreaux. La porte vitrée du vestibule était éclairée. La grille ne s'était pas refermée complètement, et je n'eus qu'à la pousser pour entrer à mon tour dans le jardin. Je restai alors assez longtemps immobile. Ce n'était pas mon audace qui me paralysait mais le sentiment que mon voyageur, devinant que je l'avais suivi, m'épiait derrière un volet et s'apprêtait, au moment choisi, à m'adresser la parole. Je décidai donc d'allumer, d'abord, une cigarette pour bien lui prouver que je ne cherchais pas à me dissimuler et que sa présence ne m'embarrassait pas. Bref, je ne voulais pas qu'il pût imaginer que j'avais peur.

J'avançai enfin d'un pas ferme. Un peu enivré de ma décision, je franchis le perron et cognai à la porte. Il était à présent trop tard pour m'esquiver. J'étais bien décidé à attendre, craignant, si je m'en allais, que l'homme ne me rattrapât avant la grille. Mais je n'attendis pas.

L'inconnu m'invita à pénétrer dans le vestibule.

L'entretien qui suivit est resté très vivant dans mon esprit. Avec le temps, sa durée s'est considérablement abrégée alors qu'il se prolongea certainement une bonne heure. En gagnant la rue, je constatai en effet que les gens du car avaient eu le temps de dîner au bistrot. Une couche de neige assez abondante recouvrait la chaussée et le toit du car dont le conducteur, un peu éméché, appelait les voyageurs à coups de klaxon prolongés.

Le petit homme s'était rembruni en m'introduisant dans le vestibule. Il ne fit aucun effort pour dissimuler son étonnement. Loin de m'embarrasser, cette attitude m'excita à parler. Je me confondis tout d'abord en excuses et passai rapidement sur la panne de l'autocar et le mauvais temps pour, très vite, lui avouer la curiosité que m'avait inspirée sa maison, curiosité subite, provoquée sans doute par le désœuvrement. Il eut un sourire assez méchant et me coupa aussitôt la parole pour me demander si je désirais visiter les lieux. Je refusai tout net.

— Comment, dit-il, mécontent, vous voulez acheter la maison sans la visiter ?

Je pris un air réfléchi pour lui dire assez sèchement :

— Pourquoi pas ?

— Comment avez-vous su que la villa était à vendre, reprit-il, intéressé, il n'y a pas de pancarte à la porte et le notaire n'a pas passé d'affiche ?

— C'est le bruit qui court dans le pays, dis-je.

— Vous m'étonnez, ma tante n'est morte que le mois dernier et personne ne connaissait mes intentions.

— Tout le monde se doute que vous ne voulez pas la garder.

— Comment peut-on parler de moi dans le pays, dit-il, méfiant, personne, pas même moi, n'imaginait que cette maison me reviendrait ?

Il me regarda assez intensément et dit :

— Je n'ai vu ma tante que le jour de ma première communion et sur son lit de mort, c'est dire que je n'ai pas souvent mis les pieds ici.

— Il suffit d'une fois pour déchaîner la curiosité du pays, dis-je en souriant.

Cet argument parut le toucher.

— Je vous ai vu dans le car... il y a peut-être

trois semaines, dit-il avec un peu d'irritation et sans assurance.

— Vous vous êtes même assis à côté de moi.

— C'est cela... Vous habitez la région ?

— La Houdray, à dix kilomètres.

— Et vous voulez venir vous installer ici ?

— Pas précisément. Votre maison m'intéressait, je voulais la connaître.

Mon autorité me surprenait mais, à la réflexion, elle s'expliquait aisément puisque la villa était à vendre et que ma visite se trouvait ainsi justifiée. Enfin, l'attitude un peu craintive et méfiante de l'homme ne faisait que renforcer mon audace. Une sorte de griserie s'était emparée de moi parce que je sentais que je l'intriguais au plus haut point. Cependant, il n'était pas l'homme que j'avais imaginé, et j'en étais un peu déçu. D'abord, cette répulsion qui m'avait envahi dans l'obscurité du car s'était tout à fait dissipée. Je le trouvais plutôt insignifiant, d'une élégance assez commune, de traits fins mais sans beauté, plutôt efféminé et même un peu gouape. C'est peut-être à ce côté louche et incolore de sa personne que mon attention s'attachait davantage. Rien de diabolique sur cette figure, mais une certaine prédisposition à la malhonnêteté. De la faiblesse surtout et un goût problable pour les plaisirs grossiers.

Il était beaucoup plus jeune que moi, ce qui m'aidait à le dominer. Par politesse, mais plutôt parce que ma visite lui apportait une distraction, il chercha à me retenir en m'introduisant dans le salon assez bien meublé, mais sans vie. Ma déception ne lui échappa pas, car il chercha aussitôt, et fébrilement, à créer un peu de chaleur en allumant deux petites lampes de table aux abat-jour sombres dont la lumière triste ne fit que souligner l'aspect sinistre de la pièce. Il m'offrit des cigarettes. J'appris qu'il gérait un magasin d'antiquités rue du Bac, vivait seul, aimait la montagne, se levait tard et ne manquait pas une pièce de théâtre de la saison.

Je lui avouai à mon tour que je connaissais mal la vie théâtrale, me levais de bonne heure, travaillais dans une banque et vivais avec ma famille. Tout en parlant, je me demandai pourquoi il n'insistait pas davantage pour me faire visiter la maison et essayer de m'y intéresser. De mon côté, je ne fis rien pour mettre la conversation sur ce sujet.

— Alors, vous habitez à la campagne avec votre femme et vos enfants, murmura-t-il en affectant un air songeur dans le but, peut-être, de m'encourager à me livrer davantage.

— Tout cela n'est pas d'un grand intérêt pour vous, dis-je.

Il protesta en me demandant l'âge de mes enfants, renseignement qui, je le réalisai soudain, lui permit de se faire une idée sur celui de ma femme. En ajoutant que mes fils étaient blonds, pleins de santé et avaient les yeux clairs, je lui indiquais, puisque j'étais brun et chétif, que Claire était blonde et saine.

Ainsi, en la livrant à son imagination, avais-je le sentiment de la posséder à travers son esprit à lui dont les appétits inconnus venaient relayer les miens en décuplant ma puissance d'imagination.

Il se tenait assis, presque vautré au fond d'une bergère près de la cheminée où, pendant que je parlais, il avait jeté un journal après l'avoir tordu et enflammé. Une grande flamme nous avait éclairés brièvement. J'avais senti, à cet instant, son regard se poser sur moi avec curiosité et insistance. Je crois que mon émotion ne put lui échapper, car un léger frémissement secoua mes jambes allongées et surtout mes souliers dont j'offrais les semelles aux braises du journal. Une sensation de chaleur inhabituelle emplit ma poitrine et, malgré le léger sifflement de mes bronches, je respirai plus librement que de coutume.

Un assez long silence, nullement gênant, suivit. J'hésitai avant de parler de peur que les paroles les plus banales ne prissent dans son esprit un sens que je ne leur donnais qu'à moitié. Je lui parlai de ma santé et des crises d'asthme constantes dont j'étais victime. Bref, je lui avouai, à mots couverts, que j'étais une sorte d'infirme, ce qui dans son esprit et avant que j'y eusse songé, signifiait sans doute que j'avais perdu ma virilité.

Ainsi et sans le vouloir absolument, je le trompais, comme si je n'acceptais sa complicité qu'à la condition de mener la partie, en ne dévoilant mes intentions et mon personnage qu'à demi, mais de manière à ce qu'il crût les connaître en entier. Voilà pourquoi j'éprouvai en le quittant un sentiment de danger et de puissance. Quelle prudence, quel goût de l'inconnu, me retint de lancer une phrase comme celle-ci : « A bientôt, j'espère... quand nous reverrons-nous ? » Pourquoi me suis-je gardé de lui jeter cet hameçon ? Je préférais sans doute cette lourde incertitude qui pesait dans la pénombre du perron lorsque nous nous séparâmes.

Il resta devant la porte jusqu'à ce que j'eusse refermé la grille derrière moi.

Il neigeait. Depuis combien d'années n'avais-je vu tant de neige sur la route et ces gros flocons, comme une ruche affolée, se précipitant dans le champ des phares ?

« C'est la fin du froid », dit une femme dans l'obscurité. J'essayai de reconnaître les passagers, mais parce qu'ils avaient changé de place depuis l'arrêt, ou bien, parce que moi-même je m'étais assis, sans y penser, sur la banquette près du conducteur, je crus entreprendre un nouveau voyage avec des inconnus. Ce fut une sensation de dépaysement si pénible que j'adressai la parole à mon voisin pour lui demander du feu, mais il ne me répondit pas, détournant légèrement la tête et repoussant la cuisse comme pour mieux me montrer qu'il n'était assis à côté de moi que par hasard et qu'il désirait m'éviter. Son hostilité ne m'étonna pas. Elle ne lui était d'ailleurs pas particulière car tous les passagers, je le sentais bien, se méfiaient de moi. Je devins cependant tout rouge dans l'obscurité et, cherchant à me faire ignorer, je me tassai dans mon coin en évitant de bouger, craignant que mon voisin n'interprétât comme une offense le plus insignifiant de mes gestes et n'attirât sur moi l'attention des autres voyageurs.

En arrivant à La Houdray, je manquai une marche du perron de la cuisine et m'étalai sur l'escalier couvert de neige. Mon front heurta la barre de fer de la rampe si violemment que je poussai un cri de douleur. La fenêtre de la cuisine était éclairée, mais personne ne sortit pour voir ce qui se passait.

Claire était là cependant, assise devant la table et bavardant à mi-voix avec la bonne. On me proposa à dîner sans s'inquiéter de mon retard ni de ma chute, mais je refusai et restai à la cuisine dans le seul but de gêner les deux femmes. Je leur tournais le dos, les deux mains appuyées sur la barre de cuivre du fourneau éteint. Elles ne disaient plus rien et, sans les regarder, je racontai mon aventure, c'est-à-dire l'arrêt du car et ma visite de la maison bourgeoise.

— La maison de madame Flopin, dit la bonne.

— C'est cela, dis-je. Saviez-vous qu'elle était à vendre ?

Elle l'ignorait, bien sûr. J'en profitai pour décrire brièvement l'inconnu que, sans hésitation, j'appelai M. Flopin.

— Monsieur veut acheter cette maison ? demanda la bonne.

— Non, dis-je, simple curiosité.

Je crois bien que je suis sorti sans rien ajouter d'intéressant.

CHAPITRE VI

Dans trois jours, les vacances de Noël seront finies. Mes fils rentreront au collège. Leur mère les accompagnera jusqu'à la gare. Peut-être les conduira-t-elle jusqu'aux portes du pensionnat. Ils seront malheureux de la quitter, mais elle sera soulagée de s'en débarrasser.

Pourquoi ai-je espéré qu'ils passeraient leurs vacances ici, comme les autres années ? L'attrait de Paris est encore plus impérieux chez les enfants que chez les adultes : la fascination du cinéma, la foule et les lumières, ce confortable cafard qui accompagne le plaisir des yeux. Même médiocre, la vie de Paris est un luxe. Qu'avais-je à leur offrir ici ? Des promenades sur la route glacée, les soirées mornes au coin du feu, la prière devant la crèche que j'ai préparée moi-même dans la bibliothèque. Par crainte de me déplaire, ils se seraient certainement abstenus de me suggérer des idées ou d'y toucher. Quelle sottise de croire que mes fils attachent aux soirées de Noël l'importance que je leur donne ! Pour moi, elles sont chargées de tant de souvenirs, que la seule odeur des petites bougies me plonge dans une enfance d'où sortent des visages et des voix oubliés. Mais à leurs yeux, que représentent ces traditions que j'ai l'impression de leur imposer, sachant qu'ils ne peuvent y participer puisqu'ils n'ont pas connu ce temps aboli, et que je suis seul, en leur présence, témoin de ce monde mort.

J'ai cru, jusqu'au dernier moment, les avoir ici pour les fêtes. C'est pourquoi j'ai passé mon samedi dans les grands magasins, puis, la soirée du 23 décembre, au grenier où j'ai déballé la crèche et ses personnages. Tard, dans la nuit, je suis resté à la bibliothèque, agenouillé sur le tapis, inventant avec des bouts de carton un paysage de Bethléem. J'y ai pris un certain plaisir, je l'avoue ; mais en quittant la pièce, mon travail fini, le silence de la maison que j'habite seul, me parut effrayant. Et j'ai eu envie de pleurer en songeant à cette crèche sans vie, parce que mes enfants ne la verraient pas.

La nuit de Noël, après la messe, la vieille bonne me proposa de me tenir compagnie à table pour manger le poulet froid. Naturellement, j'ai refusé car je savais qu'elle devait réveillonner en famille. Je n'avais pas faim. C'est donc par curiosité, qu'avant de monter, je suis passé à la salle à manger. Mon couvert était mis. Il y avait aussi un bouquet de houx au milieu de la table, le poulet, une salade, un morceau de fromage et une part du gâteau de marrons traditionnel que je mettrai huit jours à manger. Cette mise en scène avait un aspect irréel. Le feu ronflait dans le poêle. Je me suis vu, assis et mangeant. Alors, j'ai préféré tout ranger, sachant que, de mon lit, je ne pourrais imaginer sans malaise cette place vide attendant toute la nuit un convive.

Il neigea le jour de Noël. Pour m'occuper, j'ai balayé devant le perron puis, assis sur une marche, j'ai confectionné de mes mains nues quelques boules de neige. Je les ai rassemblées près de moi comme des munitions pour me défendre contre une attaque imaginaire de mes fils s'ils avaient surgi tout à coup devant moi.

Dans la soirée, j'écrivis quelques lettres de vœux à des cousins que je ne vois plus et m'installai devant la crèche dont j'allumai les bougies. J'intervenais quelquefois pour les éteindre avec mes doigts lorsqu'elles risquaient de mettre le feu. Bientôt il n'en resta plus qu'une seule que je surveillai attentivement en observant avec intérêt la lumière glauque de la pièce, les ombres tremblantes des mages disposés dans le paysage que j'avais inventé. Quand ce fut tout à fait noir, l'odeur de cire et de mèche brûlée m'étourdit. Je n'ai pas ouvert la fenêtre, mais suis sorti sur le perron pour respirer l'air nocturne.

Ainsi avais-je fait le premier soir où j'introduisis chez moi le voyageur du car. Je l'avais laissé seul avec Claire au salon pour venir là, sur le perron, reprendre mes esprits, aspirant le vent froid à grandes bouffées.

C'était un vendredi soir. J'avais encore dans le gosier un goût de poisson et le souvenir de cette odeur de friture qui, à Paris, les jours de maigre, plane sur les quartiers bourgeois, imprégnant la conscience d'un sentiment insupportable de discipline religieuse collective.

Tassé dans mon siège, j'attendais sans impatience le départ du car, lorsque mon petit homme surgit de l'obscurité et s'assit à côté de moi. Il me demanda aussitôt si la villa m'intéressait toujours, mais sa question était à double sens et je compris qu'il voulait dire : « Nous reverrons-nous, ou bien avez-vous décidé d'en finir là ? » Je lui répondis avec mauvaise humeur en m'excusant de l'avoir dérangé chez lui pour une lubie, une curiosité malsaine. Il ne releva pas ce dernier mot qui, comme par enchantement, interrompit la conversation un long moment. Ce fut lui cependant qui la reprit dès que le car eut quitté la grand-route pour aborder les champs de betteraves. Il s'inquiéta de savoir si je travaillais le samedi matin et m'envia d'avoir deux jours de congé devant moi.

— Pourquoi, dis-je, vous travaillez donc le samedi ?

— Certes non ! Mais je redoute ce week-end que je vais passer à faire des rangements pour finalement décider de tout vendre.

Il ajouta que la maison n'étant pas chauffée, il craignait de souffrir du froid. Il insista sur le fait qu'il répugnait aux travaux pratiques et ne savait pas allumer un feu, ni faire cuire un œuf. J'eus l'impression qu'il mentait. Je lui conseillai donc de prendre ses repas au café qui se trouvait en face de la villa.

— Les gens du pays m'indimident, dit-il, avec un mouvement frileux des épaules qui soulignait à la fois la féminité de son caractère et ses habitudes citadines.

— Alors, venez à la maison, dis-je en riant, comme si je voulais avant tout qu'il ne prît pas au sérieux ma proposition.

— Nous serions bien mal reçus tous les deux, observa-t-il.

Je le rassurai par politesse, en prenant soin cependant de m'exprimer avec gravité pour que mon projet lui parût digne d'examen et qu'il ne l'écartât pas aussitôt de son esprit.

— Vous ne parlez pas sérieusement ? dit-il après réflexion, tout en manifestant une certaine impatience.

— Ai-je l'air de blaguer ? dis-je.

Il ne releva pas l'ironie involontaire de mes paroles qui, prononcées dans le noir enfumé du car, pouvaient être diversement interprétées. Peut-être, au contraire, l'obscurité leur donnait-elle un sens que je n'avais pas voulu leur prêter.

— Votre femme ne m'a jamais vu, reprit-il.

— Elle vous fait peur ?

— ... Vous êtes un type curieux, dit-il attentivement.

— Alors, que décidez-vous ?

Je m'exprimais sur un ton monocorde et boudeur. Cet homme m'inquiétait. Sa présence, parce que je l'acceptais, mettait soudain en évidence une part si terrible de mon âme que mes tempes battirent.

— J'accepte, dit-il, puisque vous insistez.

Une grande paresse m'envahit alors en songeant aux petits détails matériels de son logement. Quelle chambre lui donner ? Et les draps ? Qui se chargerait de faire le lit ? Enfin, comment expliquerais-je à Claire cette invitation saugrenue ? Puisque je l'avais choisi, sa médiocrité ne pouvait que déteindre sur moi et me diminuer aux yeux de ma femme, ce qui allait à l'encontre de mes intentions.

Mais tout se passa beaucoup plus simplement que je ne l'avais supposé. Claire accueillit Boris, c'était son prénom (un drôle de prénom qui n'arrangeait pas le personnage), avec autant de simplicité que s'il s'agissait d'une visite depuis longtemps préparée et attendue.

Son attitude fut si contraire à celle que j'avais imaginée, qu'une irritation sourde m'envahit et ne me quitta pas de la soirée. J'en profitai pour négliger mon invité et me conduire avec ma femme comme si nous étions seuls. Ironique, ne cessant de l'interrompre lorsqu'elle prenait la parole, je me montrai à table plus susceptible que je ne l'avais jamais été dans le passé. Mais je cherchai aussi à briller pour éblouir le pauvre Boris qui m'écoutait par politesse, sans manquer d'observer Claire avec un air de sympathie qui me dérouta.

Cet homme allait-il me prendre en grippe ? Je n'y arrêtai pas ma pensée et, profitant d'une remarque dont je n'ai pas le souvenir, je mis la conversation sur le problème religieux dans la bourgeoisie, en insistant sur ses ridicules et ses méfaits. Quelle haine me porta tout à coup, en présence de mes enfants, à salir la dévotion, les prêtres en général et toutes les disciplines morales du christianisme que je me plus à confondre avec les disciplines de la classe possédante. Ma méchanceté seule colorait la platitude du sujet. Qui voulais-je blesser ? Ni Dieu, ni mes fils, ni Boris. Je crois bien que je ne cherchais pas davantage à torturer ma femme. Je voulais tout simplement dominer, comme si je sentais déjà autour de moi une complicité hostile et vague dont le fil m'échappait. Ce besoin d'être le maître, de diriger les débats et la conduite des autres, je m'en suis toujours défendu. Je n'ai d'ailleurs jamais su l'exercer que sur des natures faibles, sur mon entourage en particulier, et toujours par la menace et la pratique de la médisance où j'excelle.

Je crois, à la réflexion, que c'est la hantise d'une vie médiocre qui m'a conduit à établir, dans mon petit monde, la tyrannie du malheur, comme une bête infirme qui dévore ses petits parce qu'elle a faim. Car je connais mes infirmités. Je veux parler de la lâcheté qui me pousse à emprunter des attitudes hautaines devant les faibles ou les imbéciles, conciliantes en face des autres. La peur des coups et du ridicule m'a retenu souvent d'exprimer mes sentiments à des personnes dont la stature ou l'intelligence m'impressionnait. Tout naturellement, je suis poussé, au contraire, à les flatter, cherchant leurs bonnes grâces pour recueillir leur estime. Mais si l'occasion s'en présente, à condition d'être à l'abri des représailles, je frappe méchamment et par insinuation celui dont j'ai eu peur ou qui m'a humilié, je le déchire avec esprit, je le salis avec volupté jusqu'à ce que cette honte accumulée pèse moins lourd sur ma conscience que le fiel de ma rancœur.

Tout symbole de force m'accable. Je ne puis soutenir, sans malaise, la vue d'un groupe d'individus attablés à un café. Et ce masque de dureté que l'homme emprunte si volontiers dès que la société lui donne le droit d'être sûr ou fier de lui-même, m'inspire autant de peur que de mépris. Partout où un homme s'affiche, porté par la renommée, je saisis dans son regard la petite lueur infecte et trouble de la vanité satisfaite. Je hais ce point d'équilibre, cette apaisante maturité qui se situe à l'échelon où les ambitions, même médiocres, sont enfin satisfaites et octroient dans le milieu où l'on vit une puissance relative.

C'est sans doute pour toutes ces raisons que Boris ne m'était pas odieux. Ce n'était ni un athlète, ni un héros, pas davantage un homme intelligent. Sur son visage dépourvu de vanité, il y avait la marque d'un certain « ratage » propre à sa nature, mais aussi une sorte de résignation. Je l'éclipsais sans mal, et c'est bien cela qui me plaisait par-dessus tout : dominer ce faible où je devinais une sensibilité équivoque, difficile à distinguer de la lâcheté, et un certain goût pour l'abaissement.

Au cours de ce premier repas qu'il partagea avec nous, la féminité de son caractère, à travers la docilité de ses attitudes et de ses reparties, me dérouta. Mais très vite, je me félicitai de cette découverte qui me donnait barre sur lui.

Les laissant tous les deux seuls au salon, je montai dans ma chambre sous le prétexte de chercher des cigarettes. Puis je descendis, mais au lieu de retourner près d'eux, je me réfugiai à la cuisine sans aucun but, revins dans l'antichambre où je restai quelques instants tout à fait immobile, inoccupé et tremblant. Enfin, je me décidai à sortir sur le perron. Il bruinait. Mes pas craquèrent sur le mâchefer que l'on avait répandu à cause du verglas. Je m'éloignai aussitôt dans l'allée, mais, à mesure que j'avançais, mon inquiétude se développait. Claire et Boris étaient seuls. Que pouvaient-ils se dire ? Pourquoi les avais-je quittés puisque j'avais peur ? Quelles insinuations amoureuses Boris osait-il auprès de ma femme ? Que répondait Claire ? Comment la regardait-il ? Je m'arrêtai près des sapins. Pourquoi Claire ne s'était-elle pas encore inquiétée de mon absence ?

Depuis, j'ai souvent éprouvé le même trouble devant la contradiction de mes sentiments et de mes actes. C'est dans ces instants que je murmure tout bas, la tête dans mes mains tremblantes : « Je suis fou, je suis fou. »

Je fis cependant un tour de jardin, m'efforçant de marcher lentement en comptant mes pas comme les battements d'une horloge, afin de mieux mesurer tout le temps que je leur laissais pour parler, se taire et s'inquiéter de ce tête-à-tête que je leur imposais. J'espérais les retrouver tendus, mal à l'aise. Mais, bien au contraire, le naturel de leur attitude me désarma et me déçut. Mon absence prolongée parut leur avoir échappé. Après quelques remarques sur le froid, je jetai une bûche dans le feu et m'aperçus, en me penchant, que Claire portait des bas qui avaient à s'y méprendre la couleur de la peau. Ce détail avait-il échappé à Boris ? Depuis que j'étais là, il avait pris le journal du soir et le parcourait, tout en faisant d'ironiques observations sur la sottise de la presse et de ce qui s'y imprime. Je pris immédiatement le contre-pied de ses propos en m'attachant tout particulièrement aux crimes passionnels dont le public ne saurait rien si la presse populaire n'en parlait pas. Je m'exprimais sèchement, avec un tremblement involontaire dans la voix, tout en regardant Claire comme si je lui reprochais déjà une obscure trahison et voulais lui montrer que rien ne pouvait m'échapper.

Le lendemain, j'évitai de les laisser seuls ensemble, tout en faisant ce qui était nécessaire, par mes propos, pour les choquer. Ainsi j'agissais comme si je voulais leur inspirer un souhait : haïr ma présence. Alors, trouvant un terrain d'entente à mon sujet, ils s'engageraient tout naturellement dans une voie plus intime. Car, devant moi, ils se parlaient fort peu, écoutant mes propos avec une résignation silencieuse. Par galanterie, Boris n'aurait-il pas dû relever avec humeur les remarques désobligeantes que j'adressais constamment à Claire ? Non ; il souriait, sans assurance certes, mais pour me plaire et laisser entendre à ma femme qu'il ne prenait pas au sérieux ces sarcasmes. Claire, de son côté, ne cherchait pas à nous échapper. Les prétextes ne lui manquaient pas, cependant, pour nous laisser seuls. Mais on eût dit qu'elle se condamnait à rester avec nous pour ne pas me déplaire et me convaincre qu'elle me préférait ainsi, flanqué de ce triste Boris, plutôt que solitaire et taciturne.

Elle pouvait fort bien imaginer que, me refusant par orgueil à lui demander la paix, j'avais décidé de me servir de Boris pour modifier l'équilibre mort de nos relations. De même, tente-t-on de rajeunir l'atmosphère d'une chambre où l'on a vécu longtemps en changeant la disposition des meubles. Boris, comme le troisième homme d'un ménage, pouvait être un outil destiné à secouer des sentiments et des sensations engourdis par l'habitude. Mais n'était-il vraiment là que pour ça ? Je n'en savais trop rien moi-même.

Après son départ, je montai dans ma chambre et restai longtemps accoudé à la fenêtre. Un brouillard épais bouchait la vue au-delà des premières maisons du village. C'était le dégel. J'aspirai de longues bouffés de cet air vaporeux qui sent l'écorce et l'herbe pourrie, odeur que j'aime par-dessus tout, odeur du bûcher, de la vieille remise qui me sert de garage où enfant je me cachais avec la fille du jardinier pour lui caresser les cuisses et lui lécher les genoux. J'adorais ses genoux, je les vénérais. Je lui demandais de les plier afin de mieux apprécier avec ma paume leur rondeur. Je glissais mes doigts dans la saignée chaude et douce que forment la cuisse et le mollet réunis. Sa poitrine ne m'intéressait pas encore, ni son ventre. Je ne me préoccupais que de ses jambes, jusqu'aux pieds que je déchaussais moi-même avec vénération. Combien d'années cette fille m'a-t-elle préoccupé ? Tous mes souvenirs d'enfance sont liés à l'image de sa silhouette. Je rattache encore aujourd'hui les odeurs de cette maison à sa propre odeur et aux émotions sensuelles que celle-ci suscitait en moi. Personne, dans mon entourage, ne s'est jamais douté de cet envoûtement qui plongea ma jeunesse dans une nuit de désir jamais satisfait, paralysa le développement de ma vie cérébrale et orienta mon imagination vers des rêves de luxure que favorisaient, alors, la pénombre et le parfum âcre des lampes à pétrole. Car nous n'avions pas l'électricité qui tue l'épaisseur des corps et détruit l'éclat de la peau. C'est pourquoi cette maison que j'habite conserve ce charme bizarre du passé. Tout est resté en place. Rideaux, tentures, meubles, bruits de portes et grincements d'armoires réveillent, comme des réflexes, de sourdes sensations de plaisir qui, se répétant à mon insu inlassablement, font que je mêle en un seul et même désir mes appétits d'aujourd'hui et d'autrefois. Ainsi, ne sais-je plus moi-même distinguer ce qui est merveilleux de ce qui est vil, ce qui est permis de ce qui est défendu, ce qui est réel de ce qui est songe, la naïveté du plaisir de son ignominie.

C'est peut-être à cause de l'odeur de la remise qui me rappelait cette petite fille que j'ai demandé à Boris, avant de monter en voiture pour le conduire à la gare, s'il avait l'intention de revenir le week-end prochain. Tout d'abord il ne répondit pas et s'assit à côté de moi. J'allumai les phares qui éclairèrent des fagots et, sur le mur, des peaux de lapins desséchées.

— Vous n'osez pas dire oui, lui dis-je, d'une voix irritée.

Il me laissa sortir du garage, sans répondre, et manœuvrer jusqu'à la grille, comme s'il avait besoin du grand vide de la plaine pour penser librement.

— Vous ne tenez certainement pas à me revoir, dit-il, lorsque le mur de la dernière ferme du village eut disparu derrière nous.

Ce fut à mon tour de garder le silence.

Ce n'est qu'après avoir pris son billet au guichet qu'il s'inquiéta, brusquement, de savoir si mon invitation était sérieuse. Il n'osait pas me regarder bien en face. La gare était à peu près vide, une gare de grande banlieue avec une marquise sur le quai sous laquelle je m'étais souvent abrité de la pluie et du vent, autrefois, dans le sillage de ma mère. Son souvenir me traversa l'esprit. En même temps, je vis le visage pleutre de Boris, partie de moi-même que j'exhumais. Il me dégoûtait. L'image de maman s'effaça. Le train entrait en gare. Je lui serrai la main en précisant que je l'attendrais le prochain samedi à l'arrêt du car.

CHAPITRE VII

J'ai vu ce matin, de ma chambre, une luxueuse voiture franchir le portail et remonter l'allée jusqu'au perron à une vitesse que seule permet une grande habitude des lieux. Lorsque j'ai reconnu Xavier, je me suis demandé si je rêvais. Ce cousin partagea avec moi les vacances de son enfance. Depuis son voyage aux Etats-Unis, je n'avais pas eu de ses nouvelles.

Obéissant à un réflexe qui m'est familier, je m'écartai de la fenêtre pour qu'il ne me vît point. J'attendis, immobile, embarrassé de cette visite, humilié de ma tenue, du désordre de ma chambre et de cette morne oisiveté qui remplit mes dimanches. D'un seul coup d'œil, je savais qu'il devinerait le vide de ma vie. Par avance, j'éprouvais donc, à son égard, un complexe d'infériorité intolérable. Si ma chambre s'était trouvée au rez-de-chaussée, je n'aurais pas hésité à bondir dehors pour me cacher au fond du parc comme je l'ai fait, enfant, lorsque mes parents recevaient des invités. Mais déjà il grimpait l'escalier quatre à quatre avec cette souplesse et cet élan qui font le charme de son personnage.

Désorienté, je m'assis à ma table et feignis de travailler afin que la pitié qu'il allait ressentir en me voyant fût aussitôt corrigée par un sentiment de respect à l'égard de l'homme étrange que je suis à ses yeux.

Xavier était toujours aussi séduisant. Rentré à Paris depuis peu, il avait voulu me surprendre. Il m'embrassa, bien que ma réserve instinctive, dont il avait perdu l'habitude, le déroutât visiblement. Je reste toujours d'un abord froid devant mes amis si je les ai perdus de vue depuis longtemps, car je redoute de les décevoir par mes propos, désirant aussi m'assurer qu'ils n'ont pas changé et se conforment à l'image que je garde d'eux.

Très vite, je découvris que Xavier n'était plus tout à fait le même homme. Ou peut-être était-ce moi dont le caractère, parce qu'il s'était aigri, souffrait d'un excès de lucidité.

Qu'avais-je au juste à lui reprocher ? Sa chaleur que je croyais convenue, étudiée ? L'émotion qu'il manifestait en parlant de cette maison où il avait passé son enfance, émotion feinte, parce qu'il s'exprimait avec un choix étudié de mots, et trop brillamment. Sa tenue élégante, indice de ses complicités mondaines, de son goût inavoué du luxe. Sa gentillesse enfin qui trahissait à mon égard autant de commisération que d'indifférence. Bref, je me sentis glacé de tristesse. Si ma déception ne s'appuyait que sur des soupçons, elle était là cependant, accablante, salie par un sentiment confus de jalousie, car j'enviais ce que je méprisais en lui : le succès, l'argent, l'élégance, la légèreté.

Nous avons d'abord bavardé, ou plutôt, je l'ai écouté. Trop intelligent pour s'attarder sur lui-même, il en est venu très vite à nos souvenirs, à moi, aux enfants, sans manquer de placer, çà et là, quelques phrases allusives dans le dessein de ne pas me laisser ignorer ses voyages, ses succès, ses passions, en somme sa réussite. Xavier m'a toujours aimé parce que, dans un certain sens, socialement, il m'écrase et se fait de ma vie d'homme, de mes préoccupations, une idée que fausse son conformisme mondain. Sa lâcheté (c'est ce vice qui m'intéresse surtout chez mes semblables) n'était pas de la même nature que la mienne. Elle avait le visage du mépris et surtout de l'indifférence, force énorme qui permet à l'homme de mener sa vie à l'abri des secousses de la passion et le conduit droit au but temporel qu'il s'est fixé.

Pour le courage physique, il n'en manquait pas, et son ruban de Légion d'honneur que j'avais oublié me fascinait. Mais il soulignait, à la boutonnière de ce veston, fait de tissu anglais, la flatteuse et révoltante combinaison de la propreté morale et de la réussite matérielle.

Naturellement, je l'ai retenu à déjeuner. Je crois bien qu'il hésita avant d'accepter, sentant de son côté combien il était inutile de prolonger cette rencontre où nous tâtonnions sans nous retrouver, après avoir essayé tous les moyens classiques pour briser la glace : familiarité, ironie mordante à l'égard de nos relations communes, gravité même, éclats de rire. Il s'ennuyait autant que moi. Nous en étions navrés l'un et l'autre. C'est pourquoi nous n'avons pas osé nous séparer sur cet échec qui mettait, si tragiquement, en évidence le contraste de notre enfance et de notre vie d'hommes.

Pour nous mettre en gaieté et dissiper notre gêne, nous vidâmes une bouteille de médiocre sauternes. Puis, je l'accompagnai, sur sa demande, jusqu'au petit bois où nous chassions ensemble autrefois. J'avais pris un fusil à tout hasard et prêté à Xavier une paire de bottes dans lesquelles ses beaux pantalons bouffaient aux genoux. L'air était tiède, presque mou. J'empruntai le chemin classique et m'engageai dans le sentier de fougères mortes au milieu des chênes clairsemés. La terre de bruyère humide étouffait nos pas que seul rythmait le bruit des bottes fouettant nos mollets.

Xavier ne disait plus rien. Son silence, soudain, me parut si confortable que ma gêne se dissipa. Il fit brusquement un crochet devant moi, pénétra sous un bosquet de sapins et s'arrêta. Je l'accompagnai sans comprendre, tout en suivant son regard qui semblait chercher sur le sol un endroit bien précis.

— Tu veux t'asseoir ? dis-je.

— Non, je cherche à me souvenir.

La mémoire me revint d'un coup, mais fouetté par l'humiliation, je ne dis rien. Comment Xavier osait-il en ma présence venir réveiller ce passé ?

— C'était là, tu ne crois pas, murmura-t-il en désignant un sapin dont les branches basses desséchées frôlaient le sol.

— Je ne me souviens plus, dis-je sans assurance.

Il ne s'était pas trompé. C'était bien là que nous nous étions étendus avec Claire, autrefois, avant nos fiançailles.

Cela se passait un après-midi de juillet. Nous étions tous les trois assis, sous ce sapin. Claire se tenait entre nous. Sur le conseil de Xavier qui avait fermé les yeux, elle s'était étendue et restait immobile. Je me rappelle que j'ai fermé les yeux à mon tour, et que nous sommes restés ainsi tout à fait silencieux, un long moment. Je désirais Claire et je devinais, en même temps, que Xavier la frôlait et cherchait imperceptiblement à la toucher. Claire, se tournant vers moi, chuchota à voix basse des paroles que je ne compris pas. J'ouvris cependant les yeux et vis, tout près de moi, son regard un peu vague qui m'interrogeait. Elle plia un genou et sa jupe retomba sur ses cuisses. Elle détourna la tête et regarda les branches du sapin.

Puis elle étendit la jambe. Alors Xavier posa la main sur elle.

Je revois cette image avec une clarté terrible. Claire ne bougeait pas tandis que Xavier, silencieux, le visage tendu, se glissait contre elle et remontait la main sous sa robe. Claire eut un petit gémissement, mais elle s'était déjà retournée vers Xavier qui, d'un mouvement habile, lui retirait ses sandales de cuir.

Je me levai, restai quelques instants à genoux devant leurs corps enlacés. Je murmurai d'une voix cruelle :

— Prends-la, elle en a envie.

— Vous êtes fous tous les deux, balbutia

Claire d'une voix absente, le visage enfoui dans les aiguilles de pin.

Xavier ne m'entendait pas. Ses yeux avaient pris une expression de dureté inhumaine.

— Va-t'en, dit-il.

Je me levai et m'éloignai en titubant dans les fougères. Combien de temps ai-je marché ? Dix minutes, peut-être une heure. J'avançai en zigzag, suffoqué par les battements précipités de mon cœur. Je m'adossai à un chêne. L'appel intermittent et moqueur des coucous semblait annoncer la fin du monde. Je savourais mon humiliation et celle de Claire qui se confondaient en un plaisir unique et hallucinant.

Je n'eus pas la force d'aller plus loin. Je revins sur mes pas en prenant soin de faire un crochet pour les rejoindre à travers le sous-bois de sapins. Je ne reconnaissais rien, je ne retrouvais pas l'endroit où je les avais laissés. J'étais entouré d'arbres et je n'entendais rien. J'étouffais et je transpirais. Je n'osais pas les appeler et je n'osais pas courir. Je ne bougeais plus, guettant le moindre bruit dans les fougères pour me jeter sur eux, m'enfuir, hurler comme un fou. Et tout à coup, à travers les branches, je vis sa tête à elle. Les cheveux dénoués, la bouche ouverte, penchée vers le sol, à genoux, elle haletait. Un mouvement spasmodique secouait son buste. Parfois elle jetait rapidement un coup d'œil au-dessus des fougères. Je fis quelques pas. Elle me reconnut, se leva et bondit vers moi, pieds nus.

Je lui lançai alors d'abominables injures.

Elle ne dit rien, éclata en sanglots, s'élança dans les broussailles et disparut.

Xavier et moi, nous ne l'avons retrouvée que tard dans la soirée. Je me souviens qu'il faisait presque nuit lorsque nous sortîmes du bois. Je pris le volant. Xavier invita Claire à s'asseoir près de moi, mais elle refusa et se jeta au fond de l'auto.

J'allumai les phares. Il pleuvait. De gros nuages projetaient sur le macadam luisant une lueur d'encre. Nous roulions lentement. Un lièvre traversa la route et longea le fossé, courant devant les phares. Xavier, je m'en doutais, aurait aimé que je l'écrase, mais je ralentis talonnant la bête affolée. Ce petit assassinat risquait de briser la glace et de tout remettre en ordre entre nous, ce que je voulais éviter.

J'arrêtai la voiture devant le bistrot d'un village, et les invitai tous les deux à venir boire. Parce que Xavier insista, Claire se décida à accepter. Avant de sortir de la voiture, elle remit en place son soutien-gorge et s'empara de mon imperméable.

Nous étions presque seuls dans le café. Je commandai une bouteille de vin blanc que nous bûmes à une table, dans la pénombre. Les gens nous regardaient d'un air stupide et méfiant. Je vidai plusieurs verres coup sur coup.

Claire sortit de sa torpeur et dit avec calme en me regardant :

— Il faut que je te dise quelque chose.

Elle but et poursuivit :

— Il y a longtemps que Xavier et moi on te trompait. Je n'avais pas couché avec lui, mais on s'embrassait.

— Alors ? dis-je.

— Alors, rien. Je voulais que tu le saches.

Xavier murmura :

— C'est mieux ainsi.

— Je ne t'aime pas, Xavier, dit-elle.

Claire demanda à rentrer. Elle voulait retourner à Paris avec moi. Xavier avait décidé de passer la nuit à La Houdray. Nous fîmes la route en silence. Xavier insista pour que je le laisse devant la grille. Il ne pleuvait plus. A travers les nuages qui s'étaient déchirés se glissait une lune énorme et limpide.

Je manifestai brusquement le désir de faire un tour de jardin avant de rentrer à Paris. Claire qui se trouvait à côté de Xavier et contre la portière fut bien obligée de descendre. Un peu ivre, je disparus aussitôt dans le parc en les invitant à me suivre. La lune s'était enfin cachée. J'en profitai pour m'éloigner en courant et m'arrêtai au milieu de la prairie. Xavier, qui avait bu presque autant que moi, errait dans la grande allée en appelant Claire. Mais elle ne répondait pas. Je me mis alors à siffler pour les attirer tous les deux de mon côté et, aussitôt, je revins vers la grille à pas feutrés. Xavier avait retrouvé Claire et lui parlait à mi-voix. Mais ils m'entendirent.

— Où es-tu ? s'écria-t-elle d'une voix anxieuse.

Je me précipitai jusqu'à la grille et sautai dans l'auto. J'allais démarrer lorsque son ombre surgit devant moi. Elle se rua vers la portière. Je m'y accrochai pour essayer de l'empêcher de l'ouvrir, mais à travers la glace qui était baissée, elle se pencha sur ma main crispée et la mordit de toutes ses forces.

— Je t'en supplie, hurla-t-elle.

Xavier, que les feux de la voiture éclairaient, nous regardait, les mains dans les poches, les jambes un peu écartées. Il était bien décidé à ne pas faire un geste, à ne pas dire un mot. Claire s'était agrippée à la poignée de la portière, mais d'un violent coup de bras, je la forçai à lâcher prise. Elle poussa un cri de douleur. J'accélérai pour ne plus entendre que le bruit du moteur...

A l'aube, on cogna à la porte de la petite chambre que j'occupais à Paris, avenue de Villiers. C'était elle.

— Je peux dormir là ? dit-elle.

Elle se jeta sur le lit. Je restai debout près d'elle. Ses sandales et ses jambes étaient maculées de boue. Elle me raconta qu'elle avait marché à pied jusqu'à la gare et attendu le premier train du matin.

Je m'assis dans un fauteuil et dis :

— Eteins, j'ai sommeil.

Elle me demanda si elle pouvait entrer dans le lit, car elle avait froid.

De bonne heure, je l'entendis se lever et sortir pour faire les courses. Je feignais de dormir, mais j'écoutais tous ses mouvements. Elle fit la vaisselle, lava des mouchoirs qui traînaient dans la salle de bains et les fit sécher en les appliquant contre la glace. Puis elle s'accroupit sur le lit, me regarda dormir et se mit à pleurer doucement. C'est le soir de ce jour que nous nous sommes fiancés.

*

Enfant, je n'aimais jouer avec des poupées que pour les trouer à coups de canif, les griffer et pousser le jeu jusqu'à gémir et crier pour y trouver un trouble plus grand. Ce martyre auquel je soumettais mes jouets m'attachait physiquement à eux. Je les aimais plus que des êtres vivants, plus que tout au monde.

Comment les hommes parviennent-ils à échapper à cette emprise de la passion et des sens pour poursuivre une carrière, un but social, organiser leur vie ? J'ai souvent constaté dans le métro, dans la rue, au cinéma, combien la plupart des gens, livrés à leurs songes, semblent s'ennuyer comme s'ils s'étaient volontairement écartés d'un univers de souffrance et de joie. De là, cet air inoffensif et résigné qui baigne la plupart des visages.

Cet après-midi, en revenant du bois, Xavier m'observa avec curiosité parce que mes traits se détendirent lorsqu'il m'avoua que Claire, sous les sapins, s'était refusée à lui, et que ce n'était pas lui, comme je l'avais cru, qui avait refusé de la prendre.

— Pourquoi ne m'as-tu pas dit ça plus tôt ? demandai-je.

— Parce que tu ne m'as jamais questionné.

— Il te revenait de m'en parler le premier, dis-je, nous n'étions même pas fiancés.

— Je ne sais pas ce qui s'est passé, murmura-t-il.

Nous arrivions devant la grille du parc. Il s'arrêta avant de franchir le portail et me regarda.

— Je ne la désirais même pas, murmura-t-il.

Il m'expliqua alors que Claire ne lui avait

jamais beaucoup plu physiquement, mais qu'il avait senti en moi une volonté qui le poussait à nous salir tous les deux. De telle sorte que, peu à peu, était né en lui un besoin dépravé de nous désunir, à condition que j'en sois le complice et seul responsable. Il insista sur ma responsabilité dans cette affaire, prétendant que je l'avais suggestionné. Il prononça le mot « envoûté », mais hésita lorsque je lui demandai d'être plus précis. Il m'observait avec méfiance comme s'il se dégageait de ma personne quelque chose d'inquiétant.

— Tu ne me crois pas, n'est-ce pas ? dit-il.

L'idée ne me vint pas à l'esprit de protester ou de nier ses accusations. Noyé dans un brouillard de culpabilité, imprécise mais étouffante, je n'osais me défendre.

Claire lorsque nous étions fiancés ne m'avait-elle pas avoué qu'elle n'avait cédé à Xavier que sous l'impulsion soudaine d'un besoin de se salir parce que j'étais présent ? Elle avait ajouté que rayonnait souvent de ma présence un pouvoir qui la poussait à des actes extravagants. Je n'y avais pas prêté attention, mais j'ai depuis souvent eu l'occasion de m'en souvenir. Un dimanche soir, dans le train qui nous ramenait à Paris, Boris ne m'avait-il pas dit que Claire était malheureuse !

— Vous l'a-t-elle avoué ? demandai-je.

— Presque.

— Vraiment, dis-je sans interrompre la lecture de mon roman policier.

— Pouvez-vous m'écouter un instant ? dit-il

en se penchant en avant sur la banquette pour me parler de plus près.

J'abandonnai mon livre et regardai, à travers la vitre embuée, les lumières glauques et les fumées de Saint-Denis.

— Je crois que vous êtes fou, murmura Boris... Ou bien c'est quelque chose d'autre...

— Que craignez-vous ? dis-je sèchement.

— Par moments, vous me faites peur.

— Pourquoi venez-vous chez moi, alors ?

— Je n'en sais rien. Je crois que je ferais mieux d'espacer mes visites. Vous ne croyez pas ?

— Cela vous regarde.

Je repris ma lecture.

Boris manifestait soudain des scrupules et m'appelait à l'aide, m'expliquant à mots couverts que tout dépendait de moi. J'étais conscient de l'odieux de mon attitude. C'est sans doute pour cette raison que je respirais si difficilement. Boris m'observait, et ma gêne ne lui échappait pas. Mais il était beaucoup trop faible pour en tirer une leçon et disparaître.

Ainsi, Xavier, Claire, Boris, tous trois sentirent le danger inexplicable de ma présence et, tout en refusant de s'y accoutumer, profitèrent de son contact pour céder aux plus viles tentations, puis me fuir.

CHAPITRE VIII

Il m'arrive, la nuit, d'appeler ma mère à mi-voix, puis de pleurer en silence, de gémir comme je le faisais autrefois pour que l'on vienne à mon chevet, sans raison.

Je suis tout près de hurler pour attirer du monde, proclamer mon innocence, justifier ma conduite et ne pas rester là, tout seul, avec le poids du remords et du mépris.

*

Cette semaine, je me suis rendu au Havre. Mission régulière auprès de l'agence de la banque. Habitué à ces déplacements, je garde en permanence, dans l'armoire de mon bureau, une petite valise toujours garnie des effets nécessaires. La gare Saint-Lazare m'est familière. Je pars toujours en avance pour le plaisir de marcher. Je pense, je me sens libre : l'heure du train, cette démangeaison qui me brûle, suis-je un lâche ? Suis-je trop vieux ou trop bête pour faire quelque chose de ma vie ? Les vacances d'été autrefois, les conversations sous le tilleul odorant. Pas envie d'être écrasé par une voiture. Après enquête, on découvrirait une vie extravagante dont les journaux feraient le récit. Quelle vie ? Personne ne la connaît, puisque mes actes les plus vils, je refuse d'en éveiller le souvenir par peur du châtiment de ma conscience terrifiée. Pas changé de chemise depuis trois jours. Horreur des parfums. Relent de pomme pourrie dans la bouche. Pas le moment de parler de trop près à une fille. La Houdray, le vestibule vide. Le téléphone sonne, sonne indéfiniment. A l'autre bout du fil, une voix chaude, un peu essoufflée me dit : « Je viens, je viens tout de suite. » Envie de revenir à la maison. Envie de m'asseoir et de fumer.

Très vite, ma valise me paraît lourde. C'est toujours ce même tiraillement dans le bras droit que rien n'explique, sinon l'habitude de porter dans mes déplacements des valises où je m'acharne à entasser livres, vêtements, caisses de biscuits, pharmacie, cognac pour me donner des forces dans les salles d'attente où j'ai passé d'interminables nuits.

Mon petit sac que j'emmène au Havre, j'en fais chaque fois de mémoire l'inventaire, ne contient qu'un pyjama, un sac de toilette, un registre comptable et quelques feuilles pour prendre des notes de travail, car j'ai une mauvaise mémoire. Tout cela ne fait pas un lourd fardeau. Cependant je m'essouffle et m'arrête une ou deux fois, en cours de route, généralement rue de Rome, près du pont de l'Europe. Il y a toujours une femme sous une porte cochère, la même femme, une bonne d'un petit hôtel dont la lanterne éclaire le ciré d'un flic, toujours au même endroit, sur le trottoir d'en face. J'aime bien les bonnes. J'ai eu souvent l'occasion de leur parler. Je les choisis mal vêtues, mal chaussées, les jambes nues de préférence. Parfois je leur fais peur, mais en général elles sont confiantes, moqueuses, et leur rire me donne un avant-goût de plaisir. Quelquefois, si je ne suis pas trop pressé, je leur propose un verre dans une brasserie très éclairée. J'observe leur peau, la fermeté du sein. Je me contente de les désirer, de profiter de leur présence calme et rassurante. Elles s'inquiètent de mon mutisme, de mon sourire, détaillent mon habillement, mes mains, se taisent quelquefois très longtemps en buvant leur boisson à petites gorgées. Mon âge aussi les intéresse. Elles jouent aux devinettes. Les jeunes bonnes se trompent, les autres m'examinent attentivement et tombent juste.

N'osant poursuivre, à cause de mon train, je les quitte. En guise d'excuse, je leur laisse un peu d'argent, mais jamais mon nom. La pendule de la gare m'indique que j'ai tout le temps... Toujours en avance. Je me trompe constamment de couloir et remonte à contre-courant la vague des banlieusards... J'achète un journal que je ne lirai pas et m'installe à la buvette. Banquette de cuir, peu de monde.

Dans la mesure du possible, j'évite de prendre de la bière. L'alcool m'échauffe. Je parle à n'importe qui et très fort. Je livre mon imagination à des étrangers stupéfaits dont, par surcroît, je recherche la sympathie. C'est pourquoi je ne bois plus et reste dans mon coin. Mais je ne suis pas seul pour longtemps. Un type traverse la salle et vient s'asseoir près de moi. Je le connais depuis des années. Il rentre à Rouen tous les soirs. Il croit à la bonté des vieillards, à la cruauté des bouchers. Il respecte les grands blessés, les femmes enceintes. Il craint les prostituées et méprise les chauffeurs de maître. Lorsqu'il m'aborde, il dit toujours : « Vous avez l'air fatigué. » Il ne sait rien de moi. Par instinct, je m'abstiens de toute confidence et, de son côté, il ne risque jamais une question indiscrète. C'est ma silhouette, mon visage, la régularité de mes déplacements au Havre qui l'ont attaché à ma personne. En somme, l'aspect extérieur de mon personnage l'intéresse. Cependant, la crainte respectueuse qu'il manifeste devant moi m'embarrasse et m'inquiète. Dès qu'il est là, je me sens un autre homme et lui tiens, involontairement, d'étranges propos qu'il écoute sans s'inquiéter de leur signification. Je trace sur la nappe de papier des dessins incohérents qu'il regarde à la dérobée. Puis je me tais et m'assure, d'un coup de pied sous la table, que mon petit sac est bien là. A la réflexion, sa compagnie me donne un certain sentiment de puissance. Avant-hier, lorsque je l'ai retrouvé, il s'est étonné de ne pas m'avoir vu depuis si longtemps.

— J'ai eu peur que vous ayez commis une bêtise.

— Quoi donc ?

— Un crime, par exemple... Pas un crime ordinaire, s'empressa-t-il d'ajouter, l'air inquiet, car mon visage s'était certainement assombri... Il bafouillait et se tut soudain.

Nous quittâmes la buvette pour aller nous installer dans le train. Il s'assit en face de moi, ouvrit sa serviette de cuir pour en retirer un petit écrin. C'était une broche très ordinaire, en métal argenté.

— C'est l'anniversaire de ma femme, m'expliqua-t-il.

Je constatai alors qu'il s'était toujours abstenu de m'inviter chez lui, à Rouen, et qu'il évitait en général de me parler de sa famille comme s'il redoutait en abordant ce sujet d'être entraîné, par politesse, à me proposer de m'arrêter chez lui.

Mes amis, il est vrai, se sont toujours arrangés pour que leur attachement à ma personne soit ignoré de leurs proches, comme s'ils avaient honte de moi. J'ai cru longtemps qu'ils étaient plus ou moins jaloux de mon pouvoir de séduction. L'expérience m'a conduit à penser que j'inspire au premier abord un sentiment de méfiance, une certaine répulsion en dépit d'un physique encore aimable. L'examen de mon visage dans la glace m'en a convaincu. Ce dessin de dégoût qui déforme mes lèvres, la veulerie du menton et l'inquiétante curiosité du regard, noyés autrefois dans la fraîcheur du teint, apparaissent aujourd'hui sous la marque des rides.

Je me levai pour baisser la vitre du compartiment, mais je me sentis si faible que je demandai à mon compagnon de m'aider. Il s'inquiéta de ma pâleur, ce qui me terrifia, car la pâleur me sied mal. Mon front était devenu moite. Mes lèvres sèches s'étaient probablement décolorées.

— Cela va passer, lui dis-je en essayant de

sourire, sachant que mon rire était terrible et hideux.

Il n'osait plus me regarder. C'était la première fois que je cédais en public à ce vertige que provoque en général un intense dégoût de moi-même et un désir infini de propreté morale, se heurtant à une sensation de vide absolu. Il me conseilla de m'étendre sur la banquette. Je lui dis machinalement :

— Vous vous rappelez, ça ne m'a pas réussi la dernière fois.

Il me regarda sans comprendre. Je me souvins alors que le soir où un malaise identique m'avait saisi, j'étais seul dans le train. Cela se passait un vendredi, quelques jours après la seconde visite de Boris à La Houdray. Rien ne justifiait ce voyage au Havre que j'avais décidé brusquement, dans le métro, en allant prendre le car où je devais retrouver Boris que j'avais convié pour le week-end. Mais soudain, je changeai d'idée et pris la direction de la gare Saint-Lazare d'où je téléphonai à Claire. D'une voix assurée, je lui annonçai que je devais impérativement me rendre au Havre. Je raccrochai aussitôt pour rejoindre mon train qui allait démarrer. Mais au moment de sauter sur le marchepied une hésitation freina mon élan. J'avais encore le temps de faire demi-tour pour me précipiter à la gare du Nord et prendre un des derniers trains du soir. Alors tous les bruits de la gare, le chuintement des locomotives et le claquement des portières formèrent soudain autour de moi un seul et terrible grondement qui annonçait le désastre où ma volonté me précipitait. Ma main tenait la rampe de la portière, mais j'étais toujours sur le quai. Des voyageurs accoudés à la vitre me regardaient. Le train s'ébranla. Une force lourde me tira le bras pour m'entraîner. Je fis un bond sur le marchepied et m'engouffrai dans le couloir.

Une vie nouvelle commençait. J'avais libéré une volonté implacable qui maintenant se chargeait à ma place d'organiser ma vie et de régler mes actions. J'essayai de fumer, mais un vertige me saisit. C'est à ce moment-là que, sur le conseil d'un voyageur, je m'étendis sur la banquette pour vomir aussitôt.

En arrivant au Havre, je me renseignai sur l'heure du premier départ pour Paris. Le prochain train ne partait qu'à six heures du matin.

Je sortis dans la ville. Quelques trams circulaient encore. Je sautai dans le premier qui me conduisit à travers un quartier plus éclairé que les autres où je descendis. Des marins circulaient par petits groupes au milieu de la rue, forçant les voitures à ralentir ou à s'arrêter. Les chauffeurs ne protestaient pas ; quelques-uns souriaient de peur de recevoir des coups. La lâcheté chez les autres me dégoûte et me réconforte, car la mienne est différente, secrète, difficile à identifier. Personne, à part quelques familiers, ne connaît assez bien mon passé pour localiser mon manque de courage et dire avec sûreté : « C'est un lâche. »

Je méprise, en général, la lâcheté ouverte qui se trahit sur un visage pâle et servile décomposé par la peur, tout en me félicitant de constater chez les autres cette forme de veulerie, plus humiliante à mes yeux que l'accumulation calculée de lâchetés secrètes. J'ai eu rarement l'occasion d'avoir peur en public, d'abord parce que doutant de mes réflexes, je m'efforce en général d'éviter les occasions de querelles. Mais si, par hasard, je dois y faire face, je m'y jette à corps perdu, me grisant de paroles et de mouvements désordonnés pour étouffer mon angoisse et donner ainsi aux gens qui m'observent l'impression d'un personnage ridicule, mais téméraire.

Ces réflexions m'assaillent chaque fois que j'ai l'occasion de juger sévèrement mes semblables. Elles m'ont occupé un bon moment dans les rues du Havre. Je longeais les cafés sans y entrer, jetant un regard vers l'intérieur, dans l'espoir de trouver un endroit calme où je pourrais boire et manger sans risque de me faire insulter. Mais partout c'était le même tumulte et cette foule de marins que ma tenue de bourgeois intriguait.

La fatigue dominant mon appréhension, je pénétrai dans un bistrot mal éclairé, genre de bar avec tabourets et piste de danse vide. L'atmosphère me plut, car la pénombre ne permettait pas de m'identifier. La promiscuité du vice attise ma curiosité et excite mon imagination. J'ai l'illusion de quitter un monde conventionnel pour pénétrer dans une atmosphère de dérèglement et de rêve. Ce n'est pas le goût du mal qui m'attire mais le milieu insolite où les tentations humaines se donnent rendez-vous. C'est le côté fabuleux du mal qui me fascine, la puissance d'imagination qu'il sollicite de l'esprit soudain tenté par cette évasion hors des règles de la morale sociale.

Déjà, j'éveillais la curiosité des habitués qui, à la faveur de la pénombre m'examinaient. Cette raideur que j'affecte, en général, pour dissimuler ma gêne, devait les inciter, soit à chercher ce qui m'amenait ici, soit à me classer dans une catégorie déterminée d'anormaux. Deux femmes m'entourèrent. Je leur offris à boire, des cigarettes de luxe, mais restai silencieux et guindé, satisfait de leur présence attentive et servile. Je ne désirais rien d'elles. Je pensais à Claire et Boris. Je les voyais traversant le vestibule de La Houdray, montant lentement l'escalier. Claire marchait devant lui. Il éteignait les lumières comme un habitué de la maison. D'un geste brutal et involontaire, je renversai le verre de whisky de ma compagne de droite. Elle me regarda effarée, presque craintive. Je lui souris et commandai une autre consommation.

— Veux-tu que nous restions là toutes les deux ? me demanda-t-elle.

Je ne répondis pas. L'alcool m'avait déjà étourdi. A présent, je voyais Boris accroupi devant Claire. Elle se tenait assise sur le lit de notre chambre, tandis qu'il dégrafait sa robe et lui retirait ses bas...

Quand je sortis, il n'y avait plus personne dans la rue. Je marchai droit devant moi, face au vent d'ouest mouillé et gluant, étonné d'avoir réussi à quitter le bar sans difficultés. J'avais imaginé que les hommes se lèveraient et s'efforceraient de me retenir d'un air doucereux et menaçant. L'indifférence des gens me surprend toujours, car je m'attends, dès que ma conduite est susceptible d'attirer l'attention, à éveiller l'antipathie d'un individu quelconque qui soudain va découvrir qui je suis et me désigner du doigt à la foule.

J'atteignis bientôt la mer. Les rouleaux calmes battaient la grève. Je quittai la route et descendis dans les galets. La marée devait être étale mais, par prudence, je m'assis contre le parapet, relevai le col de mon manteau dont je fermai soigneusement tous les boutons. Il n'y avait pas de vent, mais les embruns me glaçaient le visage. Aspirant de grandes bouffées d'air, j'essayai de chasser cette haleine d'alcool qui empâtait ma bouche. Des souvenirs de débauche se mêlaient à ce goût de tabac tiède et de parfum louche dont mon corps s'était imprégné. A ce désir impérieux de bonne santé et de propreté physique, s'ajoutait un besoin d'équilibre et de pureté. Combien de fois ai-je éprouvé la nécessité de me débarrasser du mal comme d'une crasse physique, croyant provisoirement retrouver l'équilibre moral par un lavage méthodique et soigné de mon corps, des exercices respiratoires ou un sommeil réparateur ?

Cette nuit-là, je crus qu'un bain dans la mer me soulagerait. Je commençai donc par me déchausser, retirai mon manteau et déboutonnai ma chemise. Les réverbères de la grand-route éclairèrent mon ombre debout qui avançait à tâtons sur les galets. L'eau glacée entoura mes chevilles... Maintenant Boris avait éteint, et il cherchait le corps de Claire dans le noir.

Le froid me saisit. Je m'accroupis, attendant le retour d'une vague pour y plonger les bras.

J'inondai alors mon visage, promenai hâtivement mes mains mouillées sur ma poitrine et autour de mon cou. Je claquais des dents. Les vagues enfin atteignirent mes genoux, inondant mon pantalon retroussé. Le froid me soulageait comme une punition salutaire. Je revins contre le parapet et, repliant mes genoux sous moi, je m'enroulai dans mon pardessus.

Je m'éveillai tard, couché de côté, la tête enfouie dans mes bras... Claire et Boris dormaient enlacés et, à cause de leur sommeil, ils l'ignoraient. Des sirènes de cargos trouaient le brouillard. Je me retournai vers la mer. Une tache de soleil éclairait les hangars du port, mais la mer avait la couleur morne des aubes de novembre.

Un homme apparut sur le parapet, descendit l'escalier et passa devant moi sans me regarder. Il s'arrêta, déposa près de lui le petit baluchon qu'il portait à la main, en retira un caleçon de bain noir qu'il enfila lorsqu'il fut nu. Sans hésitation, il avança dans les vagues jusqu'aux cuisses, mais avant de se jeter à l'eau, il se retourna rapidement de mon côté pour s'assurer que j'étais toujours là. Il nageait doucement, s'écartant du rivage en plongeant la tête dans les vagues qui cherchaient à l'y ramener. Deux ou trois fois, il se retourna pour me voir, puis ne s'occupa plus de moi. J'éprouvai alors un besoin impérieux de m'en aller, de fuir cet homme qui maintenant avait perdu pied et nageait tranquillement dans l'eau glacée à cinquante brasses de moi. D'un instant à l'autre, il pouvait pousser un cri de détresse, disparaître, revenir à la surface en me cherchant des yeux. Ce n'est pas sans intention qu'il s'était jeté à l'eau à cet endroit, laissant à mes côtés son petit paquet de vêtements auquel je me trouvais attaché comme à un pieu. Pourtant, je me mis debout. Le nageur revenait vers la grève. Encore quelques brasses, et il pourrait prendre pied. Mais il fit à nouveau demi-tour et s'éloigna, de biais, soulevé par les vagues qui le berçaient dangereusement. Une vieille femme, poussant une petite charrette, s'était arrêtée sur la route. Son regard allait de moi au baigneur et vice versa comme si nous étions deux copains. L'homme s'était enfin décidé à revenir, mais il tendait la tête hors de l'eau, s'exposant ainsi davantage aux petites lames, qui, avec une soudaineté surprenante, avaient envahi la mer. « Il ne tiendra pas », pensai-je. Je m'efforçai d'aspirer calmement quelques bouffées de cigarette en regardant l'horizon. Mais très vite, n'y tenant plus, je m'éloignai sans me retourner.

Je sautai dans un trolleybus qui me conduisit à la gare où j'achetai le journal, certain que les faits divers ne pouvaient se rapporter qu'à des accidents de la veille.

CHAPITRE IX

Pourquoi suis-je arrivé à La Houdray si tard dans la soirée, alors que le train du Havre m'avait ramené à Paris avant midi ? Je ne me souviens de rien, sinon du copieux déjeuner que j'ai pris dans le quartier de la gare du Nord, preuve évidente d'une tranquillité d'esprit qui démontrerait que j'avais décidé, par calcul, d'attendre la nuit. Il est vrai que les grandes émotions ne me coupent pas l'appétit. Par instinct peut-être, pour faire face à une situation difficile, je prends la précaution de manger beaucoup sans négliger de boire, vérifiant au cours du repas mes réflexes mentaux. C'est sans doute de mon naturel, le côté le plus cynique. Sans contrôle préalable de mes moyens, je ne puis faire face à une émotion attendue. Mes incohérences de langage et de tenue sont toujours le résultat de la surprise où mes réflexes les plus vils jouent les premiers et triomphent.

Les événements se déroulèrent d'abord point par point, comme je les avais prévus. Il faisait nuit ; la pluie tombait doucement. L'autobus, qui assure la correspondance de la gare, était plein de gens dont la plupart descendirent avant La Houdray. A l'arrêt, face au bureau de tabac du village, sous le réverbère rouillé et sans vitre, il n'y avait personne. Des tracteurs rentraient, éclairant la boue de la route et les tilleuls nus de la place.

J'entrai au café pour regarder l'heure et acheter un paquet de cigarettes, puis je pris le chemin de la maison. Avant de franchir la grille du jardin, je voulus vérifier que les fenêtres du salon étaient allumées mais, à l'exception de la cuisine, tout était noir.

C'est à ce moment-là que le drame, dont j'avais conçu les détails, échappa à mon emprise et suivit son déroulement propre. J'eus peur en effet de cette obscurité et pressentis un accident inimaginable dont je portais, par mon absence volontaire, la responsabilité. Je remontai donc l'allée en courant, et je me souviens que je balbutiais : « Qu'ai-je fait, qu'ai-je fait ? » Depuis la veille, je ne m'étais pas inquiété un seul instant des enfants et, tout à coup, c'était sur eux que se portait mon angoisse.

Les enfants étaient autour de la table et dînaient tranquillement sous la surveillance de Marie.

— Il n'est rien arrivé ? dis-je en reprenant souffle, abasourdi par le calme de mes fils qui me regardaient étonnés.

Rien n'était arrivé ; mais Boris était là.

Sans cesser de manger, Louis me demanda si Boris reviendrait, tandis que Jean m'observait avec gravité. Marie m'expliqua, avec un sourire sans malice, qu'il leur avait apporté des cadeaux.

— A maman, aussi, il a apporté un cadeau, dit Edouard.

Aucun d'eux ne s'inquiéta de moi. Marie s'occupait de son fourneau comme si mon retour n'avait rien d'inattendu.

En vérité, les enfants ne s'attachent qu'à leurs habitudes, aux personnes qui en font partie ou ont pour fonction de les maintenir. Le rôle que j'occupais dans celles de mes fils était trop invisible pour que mon absence, qui ne modifiait rien à leur règle de vie, les ait frappés. J'étais seul à savoir qu'ils avaient besoin de mon argent, de mon travail, de l'ordre de ma vie, de mon inquiétude afin que leur petit monde à eux ne soit pas bouleversé.

Cette découverte m'affecta. Je pris cependant un plaisir bizarre à contempler leur quiétude dont j'étais un peu, et à leur insu, l'auteur. Ce n'est pas la dureté de mes enfants qui me frappait, mais mon impuissance devant leur monde fermé que je n'avais jamais tenté de pénétrer en flattant la curiosité de leurs instincts et leur goût des caresses, impuissance dont je me console en imaginant le portrait que plus tard ils se feront de moi. Image incomplète, peut-être fausse, malgré la précision des photographies, image floue parce que par indifférence ou pudeur ils ne chercheront pas à me connaître tout entier et me laisseront disparaître dans la nuit avec mon secret.

Cherchant la lumière, je traversai le vestibule à tâtons et reconnus le manteau de Boris sur le coffre à bois. La lampe extérieure, donnant sur le perron, inondait d'une lueur jaunâtre les allées détrempées et le tronc des arbres. Le froid mort qui se dégageait du salon montrait que personne n'y avait séjourné depuis la veille.

J'entendis des pas sur le perron et vis Boris, le col relevé, trempé de pluie, surgir devant la vitre.

— C'est bien vous ? dit-il.

— Qu'y a-t-il ? murmurai-je.

— J'avais entendu le bruit de la grille, et je m'étais précipité à votre rencontre.

— Pourquoi ?

— Je voulais vous dire au revoir. Je m'en vais.

J'aperçus alors sur le coffre sa petite valise que dissimulait son manteau.

— Bon, dis-je simplement.

J'étais déçu et humilié. J'avais envie de lui parler et d'étudier son comportement. Une colère sourde s'agitait en moi. Je refoulais les injures immondes dont j'étais prêt à le salir. Si Claire était apparue à ce moment-là, je me serais peut-être rué vers elle, pour la frapper. Je me sentais capable de violences inouïes. L'attitude fuyante de Boris m'y poussait. D'un coup de poing, je pouvais l'envoyer contre le mur et lui arracher cet ignoble petit mégot de cigarette américaine qu'il tordait dans sa bouche molle. Il m'aurait plu de le gifler plusieurs fois jusqu'à ce qu'il pleure. Il devait pleurer pour pas grand-chose.

Mais je me contentai de le regarder tandis qu'il enfilait son manteau avec des gestes pressés de collégien en retard.

— Je vais rater mon car, dit-il à mi-voix pour ne pas perdre contenance.

Il s'en alla très vite. Je ne sais plus s'il me tendit la main.

Je gravis l'escalier, étonné de mon calme.

En entrant dans la chambre, je reçus comme une bouffée d'un monde inconnu. Claire se tenait debout devant la fenêtre ouverte donnant sur le perron, ce qui lui avait sans doute permis d'entendre les quelques mots que je venais d'échanger avec Boris, et aussi de lui parler tandis que je montais l'escalier. La chambre était dans un ordre normal, mais enfumée. Je remarquai aussitôt que cette pièce, occupée autrefois par ma mère, et que l'on appelait la chambre rose, avait perdu son odeur propre. Je la voyais comme si j'en franchissais le seuil pour la première fois.

Claire ne me laissa pas le temps de m'expliquer et me reprocha brutalement de n'être pas rentré la veille. Elle s'exprimait d'une voix sèche et rapide où la hargne se mêlait à la confusion. Je restai muet, examinant, pour me donner de l'aplomb, les meubles et, dans la glace de l'armoire qui le réfléchissait, le cabinet de toilette dont la porte était restée entrouverte. A mon insu, je savourais son humiliation d'être soupçonnée.

Mais très vite son embarras me parut affecté. Je crus qu'elle cherchait à me convaincre de sa faute afin d'éveiller mon inquiétude et ma jalousie. A cette époque, j'étais loin d'imaginer que Boris s'était déjà épris de Claire et continuait à jouer devant moi ce personnage falot dans le seul but de me rassurer. En réalité, dès notre première rencontre, et comme tous les tempéraments amoureux, il avait flairé l'aventure, compris ma nature à laquelle il s'était aussitôt adapté pour mieux me détruire aux yeux de ma femme. Ce travail, il l'avait entrepris pendant mon voyage au Havre. Claire, le soir de mon retour, commençait déjà à me mépriser.

Les paroles qu'elle osa me jeter au moment où je quittai la chambre auraient pourtant dû m'alerter :

— Que cherches-tu ? Tu es malade ? dit-elle en me regardant avec inquiétude.

Je crois bien que je pâlis sans savoir au juste pour quel motif. C'est sans doute la raison pour laquelle je n'eus pas conscience de sa clairvoyance.

Mais ce premier coup qu'elle me portait m'ébranla. Ce n'était déjà plus tout à fait la même femme. Je commençais à la redouter confusément, sans rattacher ce sentiment à l'influence de Boris. Aveuglé par mon amour, j'avais décidé en effet, pour désarmer mon besoin impérieux de frustration, que ce séducteur était un inoffensif pantin.

CHAPITRE X

Jour de Pâques. A l'église, je ne me suis agenouillé qu'à la consécration. Louis et Jean ont communié. Ils étaient seuls parmi les femmes du pays qui montent à l'autel, la tête inclinée, le visage sombre et tragique. Je les observe toujours, le cœur sec et l'esprit fermé.

La communion d'un enfant me trouble. Celle d'un adulte me gêne et m'irrite à cause des attitudes qui l'accompagnent, des calculs qui la précèdent et, trop souvent, de la lâcheté qui la décide. Quant à la toilette morale qui la prépare, dans l'antre d'un confessionnal, sous le rideau duquel surgissent deux semelles ridicules entrecroisées, j'y vois un raffinement de cruauté si c'est un enfant qui en est la victime, une soif inadmissible d'irresponsabilité s'il s'agit d'un homme.

Ce soir, en quittant mes fils, j'avais hâte d'être seul. Je souhaiterais qu'ils me disent enfin leur mépris et manifestent le désir de ne plus me voir si souvent. Cela m'aiderait à me libérer d'eux, de mon amour impuissant, puisque je ne sais ni leur parler, ni les étreindre. Devant la porte du collège, je les ai embrassés furtivement. « Allez, allez », ai-je dit d'une voix excédée.

J'ai traversé la rue sans me retourner tandis qu'ils attendaient, sous la pluie, que le concierge vînt leur ouvrir. Les phares de l'auto ont éclairé leurs jambes. Ils se tenaient côte à côte. Sans doute cherchaient-ils, angoissés, à me voir une dernière fois.

Maintenant, je suis là, devant ma table, incapable de me débarrasser de cette image : leurs petites jambes sous la pluie, leur angoisse qui m'accable. Aimer mes enfants, c'est supporter au centuple leurs malheurs et rester impuissant devant ces cœurs torturés.

Tous ceux qui m'ont entouré s'éloignent frappés d'une infirmité. Ce n'est pas eux que je voulais blesser, mais je me suis servi d'eux pour me faire mal. Auparavant, j'ai pris la précaution de les rassembler autour de moi, de les attacher solidement à mon propre destin.

Un chien hurle à la lune. Ma fenêtre est ouverte ; je sens le froid sur mes jambes. La cime des cèdres, au fond du parc, ressemble à la mâture d'un énorme voilier. Marie tire la porte de la cuisine. Ses sabots sur le chemin sec claquent comme en hiver. Les bruits de l'été dorment encore. Le printemps est une saison sans vie nocturne. J'entends une dispute lointaine. Un bal est annoncé pour demain sur la place du village. Des groupes d'hommes et de filles saouls rentreront tard dans les fermes. En passant devant la grille, ils chanteront, comme ils en ont l'habitude, l'air des cocus. Je leur sais gré de ne pas ignorer mon existence et de choisir l'anonymat de la nuit pour manifester l'intérêt que j'inspire encore dans le pays. Personne ne connaît ma véritable histoire, et cette saine moquerie des gens, si elle me rassure en simplifiant mon rôle, m'isole encore davantage.

La nuit m'a tenté. Je suis sorti faire un tour, bien que je n'aime guère descendre lorsque la bonne est partie. J'ai détaché le chien. Le jardin, avec ses grands arbres qui déploient leurs branches dans la lune, comme des pattes gigantesques, n'a rien de rassurant. Partout, je retrouve des souvenirs si vivaces qu'ils prennent dans l'obscurité des buissons l'aspect de quelque chose qui remue et qui me suit avec le piétinement imperceptible d'une bête. Dominant ma peur, j'ai marché jusqu'à la clôture de la route pour me laisser surprendre par l'autocar de Paris dont les phares m'ont éclairé de plein fouet alors que j'essayais stupidement de me dissimuler comme un voleur. Je suis revenu par l'ancien poulailler où j'ai été étonné d'entendre galoper des lapins que Marie élève sans doute à mon insu, pour son compte. Je suis resté là un bon moment, les écoutant grignoter dans l'obscurité, ravi de cette vie animale et domestique que je croyais depuis longtemps éteinte en cet endroit dont les portes et les grillages tombent en ruine.

Autrefois, c'était Claire qui s'occupait elle-même de la basse-cour. Elle y élevait des lapins, des poules, nettoyait les clapiers. En été, elle me priait tous les soirs de lui faucher un peu d'herbe tendre. Ses bêtes occupaient une bonne partie de son temps. De ses travaux campagnards, c'est le premier qu'elle délaissa. Autrefois, ses habitudes et les miennes s'enchevêtraient comme un mécanisme d'horloge. Il suffisait que l'une d'elles fut dérangée pour que toute l'horlogerie se mît à grincer. C'est pourquoi le jour où elle décida de confier cette tâche à la bonne, je sentis que le rythme de notre vie se détraquait.

Claire passait, maintenant, de longs moments dans sa chambre et lisait sur son lit, en fumant. Elle fumait aussi à table et bavardait avec les enfants comme si je n'existais plus. Désarmé, je devais assister à cette métamorphose de nos rapports, tout en découvrant que ma femme avait une personnalité propre dont j'avais négligé l'existence pour la confondre, par égoïsme, à la mienne, à notre foyer que j'avais créé avec sa seule soumission. Soudain elle prenait conscience de sa personne. Parce que j'étais le contraire d'un homme fort, cette situation, aussi nouvelle qu'inattendue, me terrifia. Claire m'était indispensable. Ne l'ayant jamais trompée, je lui étais, dans un certain sens, soumis, tandis que sa soumission à elle n'était que le fruit du devoir et de la contrainte. Enfin, avec Dieu, elle était le seul témoin de mes actes. Je lui avais tout livré, le meilleur et le pire. Elle n'ignorait rien de mes audaces, de mes bassesses et me lisait, comme on dit, à « livre ouvert ». Elle était sur tous les plans mon témoin, situation dont je tirais une satisfaction d'honnêteté et d'humilité. Aussi ai-je cru longtemps que cette forme de pouvoir qu'elle avait sur moi la retiendrait. Mais j'ai découvert, par la suite, qu'elle n'avait jamais bien réalisé, ni pris au sérieux la connaissance qu'elle avait de moi-même et l'importance que, de ce fait, j'attachais à nos liens. Bref ce pouvoir, elle n'avait jamais su en user, ce qui explique pourquoi j'étais soudain si démuni devant elle.

Par égoïsme, je lui avais fabriqué une personnalité qui n'était pas la sienne. Et, tout à coup, Boris, dont les qualités d'homme m'échappaient, attirait son attention et devenait, d'abord, un refuge. Les distractions et l'apaisement qu'elle trouvait près de lui me démontraient, outre mes fautes, combien je m'étais mépris sur sa nature qui, soudain sollicitée par l'esprit charmeur et léger de cet homme, explosait.

Car c'était maintenant sur sa demande que Boris renouvelait ses séjours en week-end. Il lui avait appris à aimer les cartes, lui conseillait des lectures que je méprisais, lui achetait des disques de Chopin. Bref, il lui montrait que l'on peut vivre heureux, sans gravité et avec peu d'esprit.

Un dimanche, elle proposa de le reconduire elle-même à la gare. Je la laissai faire, mais n'attendis pas son retour pour me mettre à table. Les enfants dînaient à la cuisine. J'étais seul en face de son couvert. Au mur, mes ancêtres en costume Second Empire me regardaient. J'ai toujours détesté ces mines replètes, ces barbes soignées, ces airs triomphants de femmes du monde, ces visages flattés et trahis dont je n'ai jamais rien su d'important et que mes parents croyaient connaître parce qu'ils savaient sur leur compte quelques anecdotes, la plupart certainement inexactes. Mes petits-enfants n'auront pas de portrait de moi. Je passerai donc inaperçu dans la conversation des dîners de famille. On s'interrogera sur mes ancêtres dont on ne saura plus rien. Moi-même, j'ignore le nom de ce magistrat et de cette femme décolletée qui, au-dessus du buffet, forment un couple grave et hautain. D'habitude, je ne les remarque même pas. Mais ce soir-là, et souvent depuis lors, j'ai constaté que leur présence me réconfortait. C'est lorsque je suis seul, en effet, que je réfléchis à tous ceux qui, par la rencontre fortuite de leur destin, répétée de génération en génération, ont abouti à ma personne dont ils se trouvent, de ce fait, à la fois complices et responsables. J'accepte alors l'idée, par un penchant naturel à la résignation que, dans l'histoire sans fin de ma famille, je ne suis qu'un chaînon pris entre deux autres chaînons. Perdu dans les rangs d'une file d'hommes et de femmes qui m'ont précédé et qui me suivront, j'avance comme un prisonnier, découvrant l'anonymat de ma vie et la fiction de mon mariage où Claire ne semble être intervenue que pour la continuation de la race, me laissant seul sur ce grand fleuve, la famille, qui me porte lentement vers le large.

Je ne mangeais pas, guettant les bruits de la route. Les enfants montèrent se coucher sans venir me dire bonsoir et traînèrent dans l'escalier en chahutant. L'aîné, parce que Marie le grondait, lança un gros mot et ricana méchamment. Je découvris, soudain, que mes fils étaient capables de devenir cruels et odieux pour échapper à l'atmosphère étouffante de la maison, au désordre qui y couvait et, aussi, parce que mon exemple devait les y inciter. Je me levai d'un bond et me précipitai, hors de moi, dans le vestibule. Louis s'était accroupi dans l'escalier et me regardait, terrifié, à travers les barreaux de la rampe. Je lui donnai l'ordre de descendre, le giflai à deux reprises en l'accablant de mots méprisants, et le secouai par les épaules comme si je voulais le broyer. Mais il m'échappa et s'enfuit avec ses frères qui s'étaient mis à hurler avec lui. C'était à la fois des cris de révolte, de douleur et de désespoir. Je revins tout tremblant à la salle à manger.

Marie s'était réfugiée à la cuisine. Je ne l'entendis remuer que lorsque la voiture franchit la grille.

— Voilà Madame, dit-elle tout haut.

Elle sortit, alluma la lampe du perron pour éclairer ma femme et s'éloigna du côté de la remise. Elles revinrent bientôt toutes les deux en bavardant à mi-voix.

Claire monta aussitôt près des enfants, puis s'enferma dans sa chambre.

Marie, sous mon nez, retira le couvert de ma femme et me demanda si j'allais rester là longtemps. Je me levai sans répliquer, sortis dans le jardin et descendis à travers la prairie mouillée jusqu'au garage. Dans l'obscurité, je tâtai les coussins de la voiture, respirai leur odeur et palpai le plancher. Je restai là, imaginant les paroles et les gestes d'amour qui venaient d'être échangés dans cette odeur d'essence et de drap moisi.

Un peu plus tard, je vins me poster devant la

maison, sous la fenêtre de la salle de bains. J'eus le temps de fumer deux cigarettes avant qu'elle s'éclairât. Les volets étaient restés ouverts. Je vis Claire, vêtue d'un peignoir blanc, se pencher dehors pour les fermer. Maintenant je n'avais plus qu'à me mettre à l'affût devant la porte de sa chambre ; ce que je fis après avoir bu deux verres de vin à la cuisine et retiré mes chaussures pour ne pas faire de bruit. Il était agréable de penser qu'elle allait sortir toute propre de son bain et se trouver devant moi... Mais je ne sais pourquoi, je me mis à trembler dans le noir et quittai mon poste pour aller me coucher.

CHAPITRE XI

J'ai erré tard dans les rues de Paris. Epuisé, je suis entré, au hasard, dans un hôtel où j'ai demandé une chambre. Cette fantaisie m'a pris en sortant du bureau. Fantaisie, ou peur de me retrouver seul à La Houdray, comme un chien, avec ma ration de nourriture préparée sur la table de la cuisine ?

Les retours nocturnes dans le car n'exercent plus sur moi la fascination d'autrefois. Ces derniers mois encore, sachant que personne ne m'attendait à la maison, je prenais à ces voyages un plaisir particulier, observant avec curiosité mon propre comportement, comme si mes habitudes pouvaient soudain se dérégler sous l'effet d'un changement d'humeur ou d'un événement inattendu. Vaine attente. Ma vie est devenue un monotone et sourd ruminement.

Pourtant, ma solitude et les gestes rituels que j'y accomplis ont à mes yeux une sorte de grandeur. Je puise une âpre volupté à sentir mon existence d'homme se découper dans ce silence opaque que troublent confusément le bruit du vent et le passage des oiseaux migrateurs. Incapable d'aucune discipline de pensée, mes sensations me donnent parfois le sentiment confus de vivre au rythme du monde végétal et de participer avec lui à un lent mûrissement, prélude à la putréfaction universelle.

Ma chambre d'hôtel donne sur la rue de Vaugirard où la circulation est calme. J'ai dîné au restaurant en face d'une glace qui soulignait mes rides, la pâleur de mon teint, et mon regard inquiétant. Je n'ai cependant pas encore renoncé à la possession morale et physique de la femme. Les visages où s'allient l'intelligence et la sensualité, l'humour et la cruauté m'ont conduit quelquefois à des tentatives de dialogues. Mais le langage que je tiens, en ces occasions, provoque généralement l'échec de mes entreprises. Les femmes ne s'adaptent pas au dérèglement de l'imagination, à cette honnêteté qui me pousse, après un verre de vin et devant un visage attrayant, à confesser tout ce qui me préoccupe dans le but inavoué d'inspirer l'intérêt. Je voudrais qu'il existe des femmes avec qui l'amour commence après l'amour, ne fût-ce que pour détruire la légende du péché, inventé dans le but de voiler le néant de l'homme, impuissant à poursuivre, sans l'aide du désir, cet immense élan de curiosité envers l'autre... Et je me venge en l'avilissant, comme une chose, jusqu'à ce que je comprenne que mon crime, par la terreur qu'il m'inspire, m'expulse enfin de cette prison du plaisir dans la bonne conscience. En t'abîmant, je réalise alors tout le respect que je dois à ce que je n'ai pu atteindre à travers ton corps.

Je regarde cette brume de soufre qui éclaire la nuit de Paris. La fenêtre de ma petite chambre de bonne est ouverte. Le sifflement gras des voitures indique qu'une pluie invisible tombe sur la rue étroite dont les immeubles bas étalent sous mes yeux les créneaux de leurs cheminées. Ma lampe n'éclaire que la table boiteuse où j'écris. Je ne vois rien de cette pièce qui sent le linge de femme pauvre. L'odeur de la misère ressemble à celle du vice, peut-être parce que je n'admets pas que le vice puisse cohabiter avec le bonheur. Peu de bruit dans l'hôtel, un pas quelquefois qui gravit l'escalier, une porte qui claque. Les autos se font rares, mais le grondement lointain de la ville qui autrefois me fascinait, persiste. Jeune bourgeois, j'ai voulu, moi aussi, posséder Paris, jeter mon cœur en pâture à ce monde souterrain, pour tomber comme un grand insecte engourdi au pied des lustres aveuglants. Mes rêves sont à peine endormis. Un peu d'alcool suffit à réveiller un monde fabuleux où je pénètre tout-puissant, assis à ma table et muet. Un peu d'amour, l'illusion de la passion délient ma langue et tous mes charmes engourdis, remuent ma soif de conquête et de plaisir. Comme un soir de carnaval, je sors dans la rue et m'attable au café. Je rêve de scandale, de meurtre public. Et jusqu'à l'aube, je crois entendre autour de moi un grondement de colère...

Le bar en face de l'hôtel vient de fermer ses portes. Ce cinéma dont j'ai regardé les affiches avant de rentrer, dégorge une foule d'étudiants qui s'éloignent à pied sans traîner. Je me penche à la fenêtre pour les regarder. Il y a parmi eux de belles filles qui partent seules et que personne ne convoite.

J'ai faim. Paris sent la mort. Je l'avais fait observer à Claire le soir où, débarquant du car avec les enfants, nous errions à la recherche d'un taxi.

— La mort, tu ne parles que de la mort, avait-elle dit.

Nous avions échoué dans l'appartement glacial et sans feu. Les enfants s'étaient déshabillés seuls. Après s'être assurée que le téléphone marchait, Claire était sortie pour acheter des cigarettes. En fait, elle voulait s'enfermer dans une cabine et parler tranquillement à Boris, lui annoncer « qu'enfin, ça y était », nous étions tous là.

J'avais cédé. Nous fermions La Houdray pour l'hiver. Je ne sais quelle curiosité pour la catastrophe m'avait finalement décidé à accepter ce changement qui nous projetait tous les cinq dans la médiocre aventure d'une vie parisienne sans argent. L'appartement mal meublé, inconfortable, symbolisait déjà l'absurde audace de notre tentative.

Que tentions-nous au juste l'un et l'autre, sinon de nous retrouver en provoquant le danger jusqu'à la limite de nos forces ? L'un de nous deux devait tomber à genoux devant l'autre. Pour que Claire s'y décidât la première, n'avais-je pas essayé d'éveiller sa jalousie en usant d'un stratagème aussi enfantin que dangereux ? Quelques jours avant notre retour à Paris, je m'appliquai en effet à écrire une lettre d'amour à une femme imaginaire dont j'inventai le nom et l'adresse. Plaçant la lettre non cachetée dans mon portefeuille, j'abandonnai celui-ci au pied d'une bergère du salon comme s'il avait glissé de ma veste que je laissai renversée sur le bras du fauteuil. Puis, je m'arrangeai pour ne plus remettre les pieds au salon jusqu'à ce que Claire y fût passée pour fermer les volets. Mon piège fonctionna à merveille ; je ne retrouvai pas mon portefeuille à la place exacte où je l'avais laissé.

Pendant tout le dîner, Claire ne parla pas, visiblement préoccupée. Allait-elle renoncer au départ, me demander des explications ; bref, prendrait-elle peur ou, au contraire, et je n'y avais pas songé, trouverait-elle dans sa découverte une raison décisive pour écarter les derniers scrupules qui freinaient son inclination. C'est pourtant vers ce choix que son esprit pencha. Claire ne me parla pas de la lettre.

Un odieux malentendu s'installa donc entre nous, malentendu que je ne pouvais dissiper sans perdre la face. Mon infidélité favorisant la sienne, il était tout naturel qu'elle admît une fois pour toutes que j'avais une liaison. Cette maîtresse que j'avais inventée commençait d'ailleurs à exister : parce que Claire connaissait le nom que je lui avais donné, je revenais chaque soir de Paris avec un étrange sentiment de culpabilité, ma femme lisant sur mes vêtements et ma figure des caresses toutes fraîches dont je me sentais accablé sans les avoir reçues. De là, naquit en moi et simultanément un bizarre réconfort, comme si j'étais protégé, aimé, caressé par une femme qui n'existait pas, mais dont la complicité occulte devenait une présence à laquelle je songeais constamment.

En surgissant tout à coup du néant, cette personne sans visage, n'aurait donc fait qu'occuper une place que Claire et moi lui avions préparée.

CHAPITRE XII

J'ai poursuivi les grives de broussaille en broussaille, puis je me suis assis. Mon enfance et je ne sais quelle partie de moi restent suspendues dans ce paysage comme les fils de la Vierge qui vont d'une ronce à l'autre et s'effacent sans bruit à mon passage.

Je passe la main sur mon fusil froid. Je le caresse. Tout à l'heure, je tirerai un pigeon surgissant du brouillard pour le plaisir de voir l'oiseau accuser un crochet brusque et filer à tire-d'aile. Affoler les bêtes sans leur faire de mal... Je ramasserai la cartouche chaude pour la respirer et retrouver l'odeur d'un désir insatisfait toute ma vie.

Je me sers de mon nez pour réveiller le passé, comme un aveugle se sert de ses mains pour reconnaître sa route. Impression de marcher dans la direction opposée du temps, de remonter un chemin parcouru en courant. Je retourne en arrière avec la seule intelligence de mes sens qui me guident à travers ce paysage que personne ne connaît et au bout duquel il y a le vide délicieux de ma naissance. J'observe mes vêtements, mes mains, j'écoute ma respiration, j'épie mes pensées qui s'écoulent et se diluent dans cette campagne déserte, accompagnant les nuages derrière les collines, vers ces vergers qui descendent jusqu'à la forêt où tout se perd.

Je suis rentré tard par le chemin d'où l'on devine le toit de ma maison, dominant le village engourdi que ceinture la muraille des fermes.

J'avais pris la même route le dimanche qui suivit notre retour à Paris. La maison vide et froide suait déjà l'abandon. En passant devant l'église, je me souviens que j'avais rencontré la bonne. Elle s'était inquiétée des enfants, tout en me regardant d'un drôle d'air qui me gêna comme si elle me soupçonnait d'une action criminelle et connaissait cette petite partie infirme de ma nature que je m'efforce avec tant de soin de dissimuler. J'avais, autrefois, éprouvé une confusion identique le jour où la cuisinière de mes parents m'avait surpris dans le garage occupé à caresser les cuisses de la fille du jardinier. Aujourd'hui, égal sentiment de honte devant ma bonne.

« Qu'ai-je donc fait ? ai-je eu envie de lui crier. Donnez-moi un exemple concret de ma mauvaise conduite ! »

Je m'éloigne avec le sentiment que tout le village me chasse. Il fait nuit lorsque je reprends le car de Paris. Personne ne me reconnaît. Je suis content de rentrer, de m'enfoncer dans cette ville où les vices et les vertus ne forment qu'une foule irresponsable dont les visages ne m'intéressent que dans la mesure où leur identité m'échappe. Paris me donne le goût de l'anonymat que mon village me refuse. Ce grand manteau de suie qui recouvre la ville protège ma honte qui, à travers les chemins glacés de la campagne et les rues du pays, marche devant moi saluant les paysans qui se détournent. Seul, dans la maison, protégé par le parc vide et le silence de l'hiver, je ne cesse de sentir le mépris que j'inspire, mépris que la campagne et les arbres muets me traduisent dans un langage biblique et menaçant.

Voici ce qui explique pourquoi, tout attiré que je fusse par les paysages de mon enfance, je pris goût à la ville que je retrouvais le dimanche soir, impatient de perdre mon nom et d'oublier ma conscience.

Pas d'amis. Branché sur l'oubli, le téléphone de la maison ne sonnait jamais. Les gens qui m'observaient me fabriquaient un visage de passant, de locataire, d'artiste ou de bourgeois, selon le lieu où ils me rencontraient et aussi selon mon humeur du jour. J'identifiais parfois un visage rencontré autrefois, je lui donnais un nom, mais il disparaissait sans me reconnaître. J'appris ainsi à reconstituer des couches mortes d'amitiés, de relations, qui se divisent à présent en lignes stratifiées. Je n'y attache aujourd'hui qu'une sorte de curiosité historique, pour mieux décomposer ma vie dans le temps et mesurer la dispersion de mes loisirs dans un espace de mon existence dont il ne reste qu'une matière stérile et durcie.

Le soir, bien souvent, je retrouvais mes trois fils, seuls. Je préparais leur dîner et nous mangions ensemble, mais je ne savais pas les distraire. Ils bavardaient entre eux et je feignais de ne pas les écouter. Leurs rires étaient des cris de détresse. Ils se couchaient en silence et, lorsque j'allais les embrasser, ils me regardaient sans rien dire. Seul au salon, je pensais : « Je suis là, il ne peut rien leur arriver. » Je n'osais pas sortir, je n'osais rien faire. Dans l'obscurité, j'écoutais les pas et les voix de la rue. Je m'endormais quelquefois, dans un fauteuil, en attendant le retour de Claire. Ou bien, je la guettais, enregistrant attentivement, dès qu'elle était là, les bruits que sa présence provoquait et qu'elle essayait cependant d'étouffer. Elle se glissait souvent à la cuisine pour manger quelques restes. Certaine que je dormais, elle prononçait à voix basse des monosyllabes, allumait une cigarette. Et je crois bien, un soir, l'avoir entendue se moucher comme quelqu'un qui pleure. Quelle force me retint de la rejoindre et de lui parler ? Pourquoi, une autre nuit, ai-je bondi dans la cuisine pour lui donner brutalement l'ordre de ne plus rentrer si tard ? Sans colère, mais avec lassitude et stupeur, elle me regarda et dit : « Je ne t'aime plus. » Et devant moi qui ne disais rien, elle lava sa vaisselle au robinet, rangea les couverts sans se presser comme si elle attendait un acte ou un mot qui démentirait ses paroles, comme si elle se refusait à croire ce qu'elle venait de déclarer.

Mais je fus le premier à quitter la cuisine pour sortir et marcher jusqu'à l'aube, avec l'absurde espoir que je ne souffrais pas en vain et que, de son côté, elle guettait mon retour.

*

Boris habitait près de l'Odéon. A la sortie du bureau, je venais souvent me poster à l'angle d'une de ces rues qui débouchent sur le péristyle du théâtre, avec la ferme intention, si je le voyais, de ne pas l'aborder, mais de l'épier, de surveiller les lumières de son appartement, de le suivre à travers les rues et dans le métro jusqu'à ce que Claire surgisse devant lui. Ainsi, je les aurais contemplés face à face et paisiblement, tout en examinant leurs gestes et leurs attitudes afin de me pénétrer de leur faute.

Le hasard voulut que je ne rencontre jamais Boris. Je l'attendais souvent sous la pluie sans songer à me mettre à l'abri des arcades du théâtre, satisfait de sentir l'eau dégouliner sur mes cheveux, imprégner mon col et mes épaules, déformer mon pantalon et mes souliers, ravi de cette misère physique qui engageait les passants à me situer dans la catégorie des épaves, et m'isolait un peu plus du monde. Si l'époque s'y était prêtée, je me serais lancé à corps perdu dans les émeutes de la rue, comme un homme ivre, pour le seul plaisir de crier à pleins poumons, pour envahir les cafés, boire et m'anéantir.

Pendant que j'espionnais Boris, je venais quelquefois rôder près de ce luxueux restaurant qui fait l'angle de la rue de l'Odéon, appuyant le front contre la vitre qui me séparait des dîneurs. La plupart feignaient de ne pas me voir. Je m'amusais, pour les embarrasser, à les regarder avec envie ; ou bien, pour les distraire de leur riche ennui, je leur faisais des grimaces. Un jour le chasseur me pria poliment de m'éloigner.

C'est ce soir-là, je crois, en reprenant le chemin de la maison, que j'entrai dans un café de la rue de Tournon. Il y avait quelques personnes au bar, des gens jeunes assez misérables. Ma tenue, j'étais trempé jusqu'aux os, n'attira pas l'attention. Je m'assis, dans un coin, près d'un groupe d'étudiants qui ne parlaient pas français et discutaient en fumant. Ils avaient des voix calmes, intelligentes et me regardaient sans sympathie comme si je les dérangeais, identifiant toute de suite le bourgeois désireux de s'affranchir. Mon âge seul, je devais paraître assez vieux, sale, ridé, les intriguait. Dans une certaine mesure, mon personnage, sans les intéresser, de temps à autre et à tour de rôle, les distrayait de leur conversation. Mais le contraste de mon regard froid et de mon aspect extérieur ne tarda pas à les orienter sur la bonne voie. Ils se désintéressèrent donc tout à fait de moi en prenant soin, cependant, de parler moins haut.

Au bar, les propos qu'échangeaient un Noir américain et un Arabe avaient pris le ton d'une conversation d'ivrognes. Sans m'inquiéter, cela m'incita à ne pas manifester ma présence. J'attendis donc que le garçon se fût approché de moi pour lui demander un whisky qui, je l'espérais, me donnerait un peu d'aplomb.

C'est à ce moment-là qu'une jeune femme entra et, sans regarder la salle, vint s'asseoir à côté de moi, obéissant sans doute à un réflexe d'habituée, car deux ou trois personnes la saluèrent laconiquement de la main. Aussitôt, sans prendre garde à moi, elle alluma une cigarette et sortit de sa poche un journal anglais dans lequel elle se plongea.

Le chat de la maison, qui rôdait sous les tables, bondit sur la banquette et s'installa entre nous. D'un geste machinal et câlin, elle se mit à lui gratter la tête sans abandonner sa lecture, ce qui me permit d'étudier, tout à mon aise, sa main, le mouvement intelligent de ses doigts aux extrémités légèrement renflées. En baissant les yeux, je vis ses jambes qui étaient longues, ses pieds nus chaussés de petites sandales de cuir plates dont les perforations formaient sur sa peau des dessins compliqués. Il me parut plus difficile de la dévisager sans éveiller son attention. Je le fis cependant et, tout de suite, l'éclat de son teint me séduisit. Sa bouche était goulue, son nez court et charnu, mais la forme délicate de ses yeux rappelait le mouvement intelligent de ses doigts.

Malgré l'antipathie générale et silencieuse que ma présence soulevait dans la salle, je ne cessai pas de l'examiner. Elle ouvrit le col de son imperméable, dégagea son cou comme si, devinant ma curiosité, elle y obéissait inconsciemment. Le chignon à demi défait de ses cheveux blonds pendait sur sa nuque. Une épingle noire glissa le long de son épaule et tomba sur le journal. Elle la ramassa et la replaça au hasard dans sa chevelure. La santé calme de son corps m'éblouissait. J'avais envie de lui parler, pour le seul plaisir d'engager la conversation avec quelqu'un de jeune et de sain, de me nourrir d'elle comme si je lui tétais le sein, de sentir ses yeux se poser sur mes lèvres lorsque je parlerais. Beaucoup plus que son corps, je désirais son attention, sa curiosité. Il m'importait assez peu qu'elle me trouvât sale et mal vêtu. L'essentiel était d'attirer son attention, de l'intéresser, de la connaître, d'entrer peu à peu dans son intimité, de faire partie de sa vie, de me l'attacher.

Un garçon allait peut-être entrer, s'asseoir près d'elle et lui expliquer pourquoi il était en retard. C'est cette menace qui m'engagea à garder le silence, tout en surveillant la porte et le regard des jeunes gens qui pénétraient dans le bar. Dès que l'un d'eux paraissait chercher quelqu'un des yeux, un malaise assez ridicule m'envahissait et mon sang se vidait brusquement de ma face. Le danger écarté, il y affluait si rapidement que mes tympans se mettaient à battre, tandis qu'une chaleur incommodante gagnait mon cou devenu moite. Mais l'embarras que me causaient ces émotions juvéniles céda la place à un soulagement délicieux lorsque je compris qu'aucune de mes réactions ne lui échappait. Elle suivait avec tant d'attention mon comportement que, sans nous être parlé ni regardés, nous nous trouvions unis par la complicité de mon admiration et de sa curiosité. Dès cet instant, je sentis que j'avais sur elle des droits tels, que je n'aurais pu supporter l'irruption d'un tiers venant me frustrer de sa présence. De son côté, elle paraissait souhaiter que personne ne nous dérangeât. C'est sans doute pour écarter ce risque qu'elle régla son thé et se leva. Mais avant de fermer son journal, son regard bleu passa furtivement dans le mien. Je fus frappé par la dureté inquiète de ses yeux, ce qui signifiait peut-être qu'elle cherchait à me fuir. Je crus même y deviner un mépris si vif que j'hésitai un instant avant de la suivre. Elle avait rapidement fait son chemin à travers les tables et disparu derrière la porte. Embarrassé par l'attention que son départ avait soulevé dans la salle et la signification que l'on ne manquerait pas de donner au mien si je me levais à mon tour, je n'osais pas bouger. J'étais cependant bouleversé à l'idée de la perdre de vue avant de m'être assuré qu'elle me méprisait. Mes chances de la retrouver dans la rue s'amenuisaient de seconde en seconde, à cause de la nuit et de la circulation qui, à cette heure-là, était intense.

Je me trouvai debout sans le vouloir. Non sans mal, je sortis mon portefeuille d'où s'échappa un billet de mille francs, mais je feignis de ne pas m'en apercevoir afin de détourner l'attention du garçon de mes mains tremblantes. Dehors il ne pleuvait plus. Un brouillard tiède s'élevait de la chaussée et stagnait dans la rue de Tournon comme un nuage de vapeur au fond d'un tunnel. Je me précipitai jusqu'à l'angle de la rue de Vaugirard et la reconnus. Elle avait traversé et suivait, sans se presser, le mur du Sénat en remontant vers le Luxembourg. Des agents en faction devant l'entrée du Palais me regardèrent. Leur avait-elle donné mon signalement pour qu'ils m'appréhendent, ou était-ce mon comportement qui leur semblait équivoque ? J'allumai une cigarette et passai devant eux sans lever les yeux. Elle suivait les grilles du jardin dans la zone la plus sombre du trottoir. Je me rapprochai d'elle insensiblement. Elle feignait de ne pas s'inquiéter de mes pas. Le vide s'était fait autour de nous. Comme par enchantement, les passants rares, dès qu'ils nous apercevaient, traversaient pour gagner l'autre trottoir, de telle sorte que l'intimité qu'elle avait volontairement rompue en quittant le bar reprenait comme un refrain sourd que rythmait notre marche. Quelle était la cause de cet attrait incompréhensible que j'exerçais sur elle ? Car, si elle avait tout d'abord essayé de me fuir, elle y renonçait maintenant. Ses mouvements accusaient une lenteur pesante. On eût dit qu'elle avançait dans un univers dont elle n'avait pas conscience et qui l'opprimait.

Mais son comportement pouvait signifier également qu'elle était prête à m'écouter, à savoir qui j'étais et ce que je voulais. Bref, c'était un aveu de docilité dont j'étais beaucoup trop surpris pour en tirer une volupté quelconque.

Elle s'arrêta pour se retourner et me dit dans un assez bon français, sur le ton de quelqu'un qui renseigne un passant, c'est-à-dire sans aucune intention de m'insulter :

— Que me voulez-vous ?

— Je ne sais pas, dis-je aussi naturellement que si nous bavardions depuis des heures.

— C'est une drôle de réponse, dit-elle, non sans sévérité.

Mais le ton de ma voix l'avait certainement intriguée. Elle s'attendait peut-être à une invitation grossière et brutale, bien que le fait de m'avoir, la première, adressé la parole démontrât qu'elle écartait cette idée et attendait de notre rencontre une satisfaction de curiosité.

— Vous allez souvent à ce bar ? demandai-je.

— Quelquefois.

Elle répondait avec patience à mes questions et semblait attendre poliment que je la quitte. Visiblement, elle était étonnée de ne m'avoir jamais rencontré dans ce café.

— Moi, c'est la première fois aujourd'hui que j'y pénètre, dis-je.

— Je n'y vais pas souvent, dit-elle en guise d'excuse.

— Les habitués ont l'air de vous connaître, dis-je en souriant.

— Ici, tous les gens se parlent entre eux.

Je murmurai quelques mots pour lui demander l'autorisation de l'accompagner.

Afin de ne pas souligner l'audace de ma proposition qui ramenait nos relations au niveau de l'accostage le plus ordinaire, elle ne répondit pas et reprit sa marche d'un pas lent, mais assez étudié pour que je comprenne qu'elle acceptait de continuer la conversation.

Que se passait-il ? Je ne trouvais plus mes mots. J'éprouvais en même temps un soulagement bizarre.

Elle se taisait aussi, ce qui l'obligeait à mesurer l'inconvenance de sa propre attitude, tout en y cherchant une explication que mon mutisme ne facilitait pas.

Le temps passait. Sans doute devait-elle craindre que je prenne à mon tour conscience de sa conduite, ou bien, parce qu'elle s'accoutumait à ma présence, s'étonner du peu d'importance qu'elle attachait à mon jugement.

Nous approchions de la fontaine Médicis. Sur le ton d'un homme qui cherche à séduire, je lui parlai de Paris et, Dieu sait pourquoi ! de mon adolescence. Elle m'écoutait, mais je compris que si ma vanité lui échappait, la qualité de mon intelligence la décevait. Elle intervenait en effet, brièvement, pour placer un jugement d'une sévère exactitude sur mes anecdotes, sur ma vie d'étudiant et donc sur moi-même.

— Vous n'avez fait que cela ? dit-elle.

Je m'aperçus que je n'avais presque rien à dire sur moi-même. J'en fus irrité et déçu.

Je lui pris machinalement le bras pour éviter une voiture. Elle baissa un peu la tête, et le pouvoir de mes doigts me dégoûta.

Elle m'expliqua qu'elle était anglaise, mais que ses parents habitaient le Mexique. Elle me reprocha d'être trop poli, ce qui signifiait qu'elle me croyait malhonnête.

— Que voulez-vous de moi ? dit-elle.

— Vous revoir, dis-je assez brutalement.

— Pourquoi ?

Le ton était méfiant. Tout en serrant contre elle, dans un geste de défense, son sac que je n'avais pas encore remarqué, elle m'observait comme un objet qui inspire aussi naturellement la répulsion que la curiosité. Sans doute ne savait-elle à quel sentiment attribuer l'hésitation de son jugement. En attendant patiemment ma réponse, il ne fait pas de doute qu'elle cherchait à s'expliquer l'attrait que j'exerçais sur elle, tout en regrettant de ne pas en savoir plus long sur mon compte.

Elle attendait de ma part une initiative qui la contraindrait à avancer d'un pas dans mon intimité, mais elle souhaitait simultanément que notre rencontre s'arrêtât là et n'eût jamais de suite.

Je laissai sa question en suspens, sachant combien mon mutisme l'aidait à se ressaisir et favorisait sa méfiance.

— Il faut que je vous quitte, dit-elle en me fixant avec attention, comme si elle regrettait de m'avoir adressé la parole, tout en perdant son temps avec moi.

— Vous ne voulez pas me revoir ? dis-je.

— Quand ?

J'étais trop étonné pour proposer un rendez-vous dès le lendemain.

— La semaine prochaine... Lundi soir, dis-je.

Ce délai lui parut convenable et la rassura.

— Si vous voulez.

— Devant l'Opéra, vers huit heures ?

Mon choix ne l'étonna pas, alors qu'il me parut soudain ridicule et inexplicable. Peut-être voulais-je involontairement la rassurer par la banalité du lieu.

Je lui dis mon nom. Elle m'avoua, à regret, qu'elle s'appelait Mary.

Je l'accompagnai jusque devant le commissariat de la place du Panthéon. C'est là qu'elle me quitta.

CHAPITRE XIII

Claire comprit-elle que cette femme imaginaire dont elle avait soupçonné l'existence en lisant ma lettre, tout à coup, existait ? Pendant quelques jours j'ai nourri l'espoir qu'elle en prît conscience et manifestât une inquiétude qui pouvait encore me débarrasser de ma tentation. Mais, noyée dans sa nouvelle vie, elle ne me voyait plus.

Hier encore, j'ai fait un détour pour éviter le Quartier latin. Cet endroit me hante, et j'y reviens quelquefois en sortant du bureau. Je rôde aux abords des cafés sans oser y entrer seul, puis je m'éloigne d'un pas pressé pour m'engouffrer dans le métro, rejoindre l'autocar et me retrouver ici, devant ma table, au bout de cette journée vide, comme un wagon contre son butoir.

L'hiver n'en finit pas. Ce brouillard infect de Paris conserve l'odeur pourrie de mon amour. Partout, il suinte sur la ville et m'obsède comme un crime truqué en accident, dont il ne reste aucune trace de sang sur la chaussée lisse, inlassablement piétinée par la foule.

Le visage angoissé de mes enfants attendant mon retour, l'appartement glacé, mon lit vide et les hurlements du téléphone qui m'appelle se mêlent à cette souffrance et à ce plaisir fou. Les yeux de Claire qui m'interrogent, mon silence, ma fatigue à l'aube du travail, forment des taches blêmes dans ce rêve où je n'ai cessé de courir comme un fou, de rue en rue, de bistrot en bistrot, de nuit en nuit, d'hôtel en hôtel, courbé en deux, fuyant une horrible fatigue qui soudain me terrassa en plein jour, sur la place publique, sous les yeux ébahis des badauds imbéciles. Ils se sont penchés sur moi avec prudence, puis éloignés, laissant mon corps tressaillir tandis que ma bouche se fermait sur le nom d'une femme s'élevant au ciel, blonde et complètement nue, tout éclaboussée d'or, dans un bruit terrifiant de train, d'ascenseur, de pont d'acier et de jazz : Mary.

Je reste immobile, fasciné par cette énorme poche de plaisir soudain crevée. Elle s'est répandue d'un seul coup, inondant comme un flot de sang pulmonaire mes vêtements, mes doigts, salissant mon visage, tous ceux qui me serraient la main.

Mes manches battent l'air, ma tête se dresse comme un chapeau mou sur un bout de bois. Mon pantalon suspendu dans le vide n'a plus de jambes. Quelqu'un me soulève comme une hampe de drapeau et tient en l'air cette guenille.

*

Paris était désert. Il faisait froid. Avant huit heures, il était là, devant l'Opéra, surveillant les rares taxis, les autobus presque vides, la bouche du métro dégorgeant par intervalles un étroit filet de pauvres types qui se précipitaient dans la direction des cinémas.

Il grelottait. Personne ne le voyait, juché sur son estrade de pierre comme un acteur égaré, feignant, pour un public qui n'existait pas, de n'attendre personne, de marcher, pour le plaisir, de long en large. Il alluma une cigarette. Il aimait fumer dans le froid.

Un taxi longea le trottoir, s'arrêta. Il dégringola aussitôt l'escalier, s'arrêta, reprit sa promenade lente, détachée. Un homme sortit du taxi, paya rapidement le chauffeur et s'éloigna.

Extraordinaire patience. L'horloge du carrefour marquait déjà huit heures et demie. Il s'éloigna, disparut un moment dans la pénombre de la rue Auber, puis surgit à nouveau de l'autre côté de l'Opéra dont il avait fait le tour pour s'assurer qu'on ne l'attendait pas sur la façade opposée.

Vers neuf heures, il se décida à abandonner son poste. Lorsqu'il entra au café, il était blême, bien habillé cependant, son meilleur costume, cravate foncée, chemise blanche intacte. Mais le moins averti des consommateurs devinait immédiatement que tout le ridicule de cet homme vieillissant, blafard, endimanché, dissimulait une souffrance insupportable, peut-être une blessure au ventre ou un spasme cardiaque. C'est sans doute pourquoi le garçon ne fit aucune difficulté pour lui donner une place près de la fenêtre, contraignant ainsi des gens bien tranquilles à se lever pour le laisser passer.

Il s'assit donc près de la vitre et, d'abord, ne commanda rien.

Assez rapidement, il reprit des couleurs à cause de la chaleur de l'endroit, et se mit à examiner les consommateurs.

Il but deux bières, affectant un air distrait lorsqu'il observait la pendule du bar. Il regardait aussi ses poignets de chemise en s'efforçant de les faire rentrer régulièrement sous sa veste dans le but de ne pas les salir inutilement.

Il s'était préparé à faire un excellent dîner dans un restaurant choisi où il avait retenu une table. C'est pourquoi il se leva, demanda un jeton de téléphone et décommanda la table en s'excusant. Quand il regagna sa place, la salle était presque vide.

Dix heures. Il devenait absurde de rester là. Mais, c'est justement cette absurdité qui lui donnait une confiance irraisonnée, parce qu'il avait bu deux bières, et qu'il n'y avait vraiment pas d'autre solution que d'attendre ou de reprendre sa faction sur les marches de l'Opéra.

Quand il sortit du café, il avait passablement bu et la circulation était morte. A cause du froid, les putains s'étaient camouflées à l'intérieur des portes cochères. Il reprit sa voiture et fit lentement le tour de l'Opéra avant de prendre le chemin du Quartier latin.

Il ralentit au milieu de la place du Carrousel et faillit décider de rentrer. Il continua cependant sa route. La rue Soufflot était vide. Il s'arrêta un peu en deçà du commissariat de police, regarda les fenêtres de l'immeuble et attendit.

*

Ce pauvre homme, c'était moi. Je le vois comme dans un film triste et burlesque, tourné à mon insu pendant cette longue nuit qui dura des jours et des nuits.

Dans ce Paris vide et glacial, je tremblais de froid. Le givre qui recouvrait les vitres de ma voiture m'isolait du monde. J'avais envie de rentrer et de baiser Claire. Je l'imaginais, assise à côté de moi dans l'auto. Je lui caressais la figure, je lui disais de sortir dans la rue et de demander une chambre dans le petit hôtel qui fait le coin de la place. Je la laissais s'éloigner. Au bout d'un moment, je la rejoignais. Je faisais l'amour avec elle, puis je lui donnais deux mille francs. Elle disait en riant que cela servirait à acheter des souliers pour les gosses. Je lui proposais de recommencer le lendemain dans un hôtel encore plus moche. Elle acceptait pour l'argent, c'est-à-dire pour les gosses, mais j'espérais bien qu'un jour elle accepterait pour le plaisir de se sentir avec moi comme une putain. Oui, cette nuit-là, je désirais la reprendre, comme si elle était une petite fille que j'allais violer, que j'aimais, que je souillais et qui me rendait ma pureté.

Le moteur refroidi cala lorsque je voulus repartir. Les flics du commissariat, que mon stationnement prolongé n'avait jusqu'alors pas intrigués, s'approchèrent de la voiture d'un pas débonnaire et inquiétant. Ils s'arrêtèrent à quelques pas. L'un d'eux se pencha contre la vitre pour essayer de voir, à travers le givre, ce qui se passait à l'intérieur. Mais j'étais englouti sous un linceul de glace, et je l'entendis qui riait, mécontent et sarcastique. L'auto démarra ; sans doute, les agents eurent-ils l'impression désagréable qu'elle s'éloignait toute seule. C'était une mauvaise blague. L'essuie-glace arracha un morceau de givre. La rue Soufflot, complètement vide, surgit devant moi comme une immense avenue attendant une armée. Je descendis vers la Seine que je suivis, sans raison et à toute allure, jusqu'aux Invalides. De temps en temps, j'allumais les phares pour voir les rues désertes.

J'abandonnai la voiture à cent pas de la maison. Avant de descendre, en tirant le frein à main, ma figure surgit dans le rétroviseur. Il y avait clair de lune. Je vis ma face bleuie, admirablement détaillée comme un premier plan de grand film. Je crus même entendre une musique grandiose et mourante, quelques gémissements de flûte sur un fond de cymbale et de violon. L'éclat terne de mes yeux, l'enchevêtrement de mes rides, la lame de couteau cruelle de mon nez, je vis tout cela dans ce petit miroir. Cette figure, c'était la mienne. Elle me fit peur. En me touchant la joue cependant, il me sembla que je caressais celle d'un gosse. Ma peau était presque tendre, ma bouche ronde et bonne.

Claire faisait sa toilette dans la salle de bains. Elle avait jeté sur le divan son manteau qui sentait le parfum et le brouillard. Je glissai ma main dans la manche comme si j'allais y trouver son bras, le caresser, y presser ma bouche pour le lécher jusqu'à l'épaule.

J'étais très faible. Sans bruit, je sortis une bouteille de whisky et avalai rapidement plusieurs gorgées, à même le goulot. Si je n'avais pas eu peur d'être surpris, j'aurais vidé la bouteille. Les forces me revenaient ; je n'avais plus froid. Je m'assis sur le divan, à côté du manteau. « Je vais lui demander de se mettre nue dedans », pensai-je, « je lui dirai de boire, et après je lui parlerai en regardant ses pieds et ses jambes pâles. » Mary n'existait plus. Claire était tout près et se lavait. Les enfants se réveilleraient le lendemain, et ils nous trouveraient dans notre lit.

L'alcool me brûlait les yeux. J'avais envie de baiser Claire sur tout le corps en pleurant. Elle sortit brusquement de la salle de bains. Elle portait sa robe de chambre dont la ceinture n'était pas nouée et pendait. Elle m'avait entendu rentrer. Elle dit sèchement :

— Qu'est-ce que tu fais là ?

— Rien, je t'attends.

— M'attendre ? Pourquoi ? dit-elle, méfiante. Elle évitait de me regarder. Cependant l'entretien ne lui déplaisait pas, car elle feignit de s'occuper à chercher des cigarettes. Elle titubait vaguement, ce qui m'étonna. Je ne pouvais imaginer qu'elle fût saoule, et je crus tout d'abord qu'elle s'était foulé la cheville. Je n'avais plus tellement envie d'elle. J'étais déçu, mais son air gêné me plaisait bien.

— Alors, tu te mets à rentrer tard, toi aussi ?

— Je fais comme toi, dis-je.

— Qu'est-ce que tu fais ?

— Et toi ?

La discussion s'envenimait. Cela me désespérait, mais je n'y pouvais rien. J'étais trop déçu pour dominer ma rancœur.

— Je sortirai tous les soirs, dis-je. Je couche avec une fille.

— Ah ! dit-elle, intéressée. Et qu'est-ce qu'elle pense de toi ?

— Elle est contente.

— Elle ne te connaît pas encore évidemment. Mais elle comprendra vite.

— Qu'est-ce qu'elle comprendra ?

Claire ne répondit pas. Elle s'était exprimée avec un souverain mépris, mais il y avait aussi de la jalousie dans sa manière de parler, une sorte d'amertume mêlée de dégoût. Tout cela me faisait du bien, me lavait.

Je me sentais fatigué, agréablement seul dans un coin de mur souillé. Claire avait raison : pas une femme ne pouvait me rechercher. Je n'avais qu'à me souvenir de ma tête dans le rétroviseur.

— Tu crois que tu te conduis proprement, dis-je pour la pousser à me salir plus directement encore.

— Plus proprement qu'avec toi.

— Personne ne peut t'aimer autant que moi, dis-je sans réfléchir, exactement comme si j'allais me mettre à pleurer.

Mais elle leva les épaules. Si j'avais été un enfant elle aurait fait le même geste. Elle était vulgaire dans la bêtise, cette bêtise que j'aimais autrefois. Je ne pouvais pas la détester ; et pourtant, je ne sais pas ce que j'aurais donné pour la libérer de sa sottise que, sous l'emprise de Boris, elle portait avec arrogance, comme un casque d'acier.

— Quand on aime, on est gentil, on est bon, dit-elle avec un sourire stupide que n'excusait pas l'ivresse.

J'eus envie de me précipiter sur elle et de la gifler à tour de bras, mais je restai prostré.

Les enfants dormaient. S'ils avaient été éveillés, ils m'auraient peut-être jeté à la figure le même mépris. Je n'en étais pas certain, car je n'étais pas encore tout à fait sûr de mon ignominie.

*

Je passai plusieurs soirs de suite à guetter Mary devant le commissariat du Panthéon. Il faisait toujours un froid sec, coupé de rafales de vent. Mes tempes prises dans un étau de glace me faisaient un mal horrible. Je descendais jusqu'à mi-hauteur de la rue Soufflot, regardais les étudiants entassés derrière les vitrines des cafés. Et puis, je remontais la rue en longeant le mur gigantesque de la Faculté d'où je surveillais les allées et venues devant le commissariat. Je restais, quelquefois, blotti dans la voiture. Mais, en général, je préférais marcher pour ne pas attirer l'attention des flics.

Transi et affamé, je rentrais à la maison et mangeais seul à la cuisine.

Un soir cependant, je ne rentrai pas.

Je venais de prendre ma faction dans l'ombre du commissariat, quand Mary surgit d'un taxi qui venait de stopper devant ma voiture. Tandis qu'elle payait sans se presser, je sentis un flot de méchanceté et de honte m'envahir. Le sang m'était monté au visage. L'espionnage auquel je me livrais depuis une semaine me parut d'une mesquinerie absurde. Mon plaisir était en même temps intense. Je l'observais et elle l'ignorait. Je pouvais lui parler et je n'étais pas sûr de le faire. Je pouvais lui jeter mon mépris, disparaître, jouir un instant unique de sa stupeur devant mon apparition inattendue.

J'avançai vers elle. Elle voulut m'éviter, car elle ne m'avait pas reconnu. Je l'appelai à mi-voix : « Mary. » Elle se retourna et dit : « C'est vous ? »

Les flics nous regardaient, exactement comme des pompiers de service dans l'embrasure d'une avant-scène.

— Pourquoi n'êtes-vous pas venue à l'Opéra ? dis-je brutalement.

— Je n'ai pas pu.

— C'était un engagement. Si vous ne pouviez pas le tenir, il ne fallait pas le prendre.

— C'est vrai, murmura-t-elle.

— Vous rentrez chez vous ?

— Oui, je rentrais.

Sa voix était un peu inquiète. J'aimais sa manière habile d'éviter la discussion tout en affectant une soumission enfantine. Des mèches de cheveux dépassaient de son béret de laine. Elle portait des gants noirs, un peu usés. Malgré le froid, l'odeur laineuse de son corps, la chaleur sale de ses vêtements me pénétraient. J'aurais voulu jouir là, contre ses vêtements, comme si je pleurais, la bouche enfoncée dans son col de femme. J'étais au bord des sanglots et je retenais cette secousse qui vous saisit les épaules et les côtes comme une quinte de toux.

— Qu'est-ce qu'il y a ? dit-elle.

— Venez, dis-je, allons prendre un verre.

Nous descendîmes la rue Soufflot. Elle marchait avec assurance, presque gaiement, comme si elle trouvait tout naturel de m'avoir retrouvé.

Avant d'entrer au café, elle sortit une lettre de son sac et me demanda si j'avais un timbre. Je n'en avais pas, mais je pris la lettre et traversai la rue pour en acheter au bureau de tabac. Quand je revins, elle était toujours là, et m'attendait.

Dans la cohue, je trouvai une petite table près de la caisse. Les gens nous regardèrent. Ils durent se dire que j'avais une belle maîtresse. Quand nous fûmes assis, on continua à nous regarder. Nous ne parlions pas. La machine à calculer que faisait fonctionner sans répit la caissière ne me gênait pas. Au contraire, c'était un bruit confortable, dynamique, qui engageait à la violence et au lyrisme.

Je bus un whisky, puis j'expliquai à Mary ce qui s'était passé le soir où je l'avais attendue devant l'Opéra.

— Je ne suis pas venue parce que j'ai eu peur, dit-elle quand j'eus fini.

— Je vous fais peur ?

— Plus maintenant, dit-elle sans conviction.

Je lui expliquai que je n'avais pas l'habitude d'accoster les femmes. Je lui donnai mon nom, celui de mes enfants. Elle m'écoutait attentivement, mais plutôt par politesse, comme si elle avait déjà entendu mille fois ces confidences grossières dont les hommes abusent, sans vergogne, pour épater les filles et les mettre en confiance. Elle m'avoua que j'étais le premier homme qui avait osé lui parler depuis qu'elle habitait Paris. Elle avait « marché » par curiosité, mais surtout parce qu'elle n'avait pas trouvé le moyen de se débarrasser de moi sans risquer de me faire de la peine.

— Vous me trouvez moche ? dis-je.

— Non, vous me faisiez plutôt pitié... Pas aujourd'hui... Quand je vous ai vu en sortant du taxi, j'ai trouvé que vous aviez une tête intéressante, alors que l'autre jour, vraiment je n'avais pas envie de vous revoir.

Elle ne riait pas, mais parlait avec beaucoup de gentillesse comme si elle était heureuse de découvrir en moi quelque chose qui lui plaisait.

Elle me demanda ce que je faisais dans la vie. Elle parut déçue de ma réponse, car j'insistai sur le côté négatif de mon existence, sans trop cependant lui donner de détails sur ma lâcheté foncière.

— Je connais un homme comme vous, dit-elle. Mais c'est un infirme, un malade, ajouta-t-elle.

— Je suis peut-être aussi un infirme, dis-je... d'une certaine façon... Je ne crois à rien.

— Vous voulez dire : croire en Dieu ?

— Non, à rien.

Elle se mit à parler politique, visiblement pour sonder mes opinions, ce qui me gêna, car je n'avais pas envie de la tromper. Et cependant, parce que j'avais pas mal bu, je me lançai dans une apologie enflammée du socialisme en reprenant tous les slogans que je lisais un peu partout.

— C'est votre formation bourgeoise qui vous nuit, dit-elle d'un air réfléchi.

Je rougis. J'étais profondément humilié qu'elle ait reconnu dans mon comportement cette carcasse de conformisme dont le poids me gênait encore lorsque j'entrais dans un café, et m'embarrassait devant cette jeune fille qui ne laissait passer aucune de mes faiblesses.

J'avais assez parlé pour qu'elle me jugeât sévèrement, c'est-à-dire comme un individu flou et d'une distinction d'esprit superficielle.

— Pourquoi m'expliquez-vous que vous êtes un type sans intérêt ? dit-elle surprise.

— Je n'en sais rien, dis-je avec une colère sourde, en étreignant mon verre.

— J'admire les gens courageux et très actifs, dit-elle... mais au fond je crois que j'ai tort. Avec eux, je ne suis jamais heureuse. Les femmes recherchent pourtant les gens forts ou très intelligents. C'est un besoin instinctif d'être dominé.

La salle commençait à se vider. Nous avions bu plusieurs whiskies. Je jouissais de cette torpeur qui nous unissait. Mary regardait les gens. Je m'étais abaissé devant elle. A cause de cela, elle me respectait dans une certaine mesure.

Elle me proposa d'aller ailleurs. Je la suivis jusque dans la rue où je marchai à côté d'elle. Nous descendîmes le boulevard Saint-Michel au milieu de la foule sale, jeune et gentille, qui remontait vers le Luxembourg. Quelquefois, des gens nous séparaient et je la retrouvais un peu plus loin, marchant de son pas régulier et noble sans regarder personne, ni s'inquiéter de ce que j'étais devenu. Je finis par me décider à lui prendre le bras. Nous nous engageâmes dans de petites rues mal éclairées, sans savoir où nous allions.

— Vous avez trop bu ? dit-elle.

— Je n'en sais rien, dis-je.

Elle s'arrêta devant un café assez sombre dont la vitre principale était bouchée par un drap rouge tendu à l'intérieur, mais à travers lequel on voyait des ombres immobiles et la tache dorée de quelques lampes.

— J'ai envie d'aller là, dit-elle.

Je feignis de connaître l'endroit. Tout le monde était debout, dissimulant le bar où l'on devinait la silhouette d'une femme énorme et décolletée déambulant d'un bout à l'autre du zinc. On ne l'entendait pas à cause du bruit du pick-up, mais on la voyait rire. C'était une belle grimace généreuse d'ivrogne et de vicieuse. Les tables et les banquettes étaient occupées par des paquets de manteaux, des foulards de couleur pendant en forme de vomissures qu'accentuait une odeur d'urine qui traversait la salle comme un courant d'air glacé. En jouant poliment des coudes, je trouvai une place près du water dont la porte était ouverte, laissant filtrer le sifflement aigu de la soupape détraquée.

Au mur, il y avait des dessins obscènes au fusain. J'espérai que Mary ne les verrait pas, mais elle les regarda avec intérêt. Alors, je crus qu'elle pensait à mon sexe et au sien, ce dont j'eus honte.

Nous disparaissions sous les manteaux, et

personne ne nous regardait. Je n'écoutais rien. Mary me parlait d'un livre qu'elle avait lu, mais j'étais incapable de la suivre, de m'attacher au sens des mots qu'elle prononçait. J'entendais ses paroles comme des sons presque charnels que j'interprétais chacun à la manière d'un contact chaque fois différent et plus intime de nos corps. Bref, ses paroles me pénétraient aussi agréablement que si j'avais échangé avec elle, et sans rien dire, d'audacieuses caresses dans l'obscurité où nous étions retranchés.

Je buvais sans plaisir en jouant dans ma bouche avec de petits morceaux de glace que je recrachais lentement dans mon verre. Claire et Boris, eux aussi, venaient peut-être ici. Boris disait à Claire de retirer sa robe. Elle obéissait et se promenait au milieu du public en soutien-gorge tandis que lui, il disparaissait dans les cabinets que personne n'avait jamais pu fermer à clef, et dont il éteignait la lumière pour qu'on ne pût imaginer ce qu'il y faisait.

Mary m'avait pris la main. Elle se pencha vers mon oreille et dit quelque chose que je ne compris pas. Sa tête roulait sur mon épaule. Je l'embrassai. Elle promena les mains sous mon chandail, me caressant la taille et le buste, cherchant, à travers la chemise, le contact de ma peau. Elle m'avoua que je lui plaisais, ce qui l'inquiétait car j'avais l'âge de son père. Ainsi avait-elle le sentiment de faire le mal et d'y prendre un plaisir avilissant. Je n'osai lui dire que j'éprouvais un sentiment assez différent, bien qu'inspiré également par son extrême jeunesse et notre différence d'âge. Je n'avais pas l'impression de la salir mais, par contre, j'étais convaincu, qu'à son contact, j'usais mes forces. Je perdais la conscience de mes devoirs élémentaires, tout en tirant de cet oubli de moi-même la satisfaction d'un dérèglement absolu, pareil à celui qui m'aurait poussé à me jeter par la fenêtre, en état d'ivresse, pour tenir un pari. Besoin de grandeur, satisfait dans un acte abaissant et gratuit. Mary m'attirait comme le vide. Je la désirais pour le plaisir de n'être rien. Elle ne m'aimait pas, elle me méprisait et voulait simplement sentir qu'elle faisait le mal en me désirant.

Je ne sais plus à quelle heure nous avons quitté le bar. Je fus chargé de trouver un hôtel. Un peu partout on nous refoulait, faute de chambre ou parce que ce n'était pas le « genre de la maison ». Humilié, dégrisé par le froid, je m'engageai dans une maison de passe où la patronne nous reçut avec dédain. Il y avait sur la table un gros chat siamois. Il portait autour du cou un ruban pour boîte de bonbons et un grelot d'argent sous le menton. Autour de la femme, se tenaient deux hommes qui ressemblaient à des chauffeurs de camion ou des bouchers en civil. La pièce sentait la cuisine et la serviette de bordel. De tous ces gens, le chat était peut-être le plus inquiétant. Il incarnait une débauche cruelle et luxueuse. Son ronronnement ressemblait à un plaisir mécanique, placé en évidence comme un réveille-matin, pour attirer l'attention des clients. La bonne femme me demanda mes pièces d'identité et exigea le passeport de Mary.

— Est-ce indispensable ? dis-je en souriant.

Mais mon sourire ne lui plut pas. Les deux hommes regardaient Mary. Visiblement, c'était une marchandise qu'ils auraient volontiers écoulée dans leur commerce. L'examen du passeport ressemblait à une première formalité d'achat, un acte sexuel déguisé, une prise de possession au fer rouge. La chambre n'était pas chère. Elle se trouvait au fond du couloir. Il y avait une clef qui ne fonctionnait pas. Mary me dit que ça n'avait pas d'importance. Elle était hébétée, les lèvres et les ailes du nez développées par le désir insupportable de se mettre nue et de se laisser faire.

Je m'assis sur le lit, retirai mes chaussures, déboutonnai mes bretelles qui bondirent et claquèrent dans mon dos comme des jouets de foire. Mary éteignit et se déshabilla. Je retirai peu à peu tous mes vêtements. J'étais étendu sur le dos, écoutant les rares voitures qui traversaient le silence comme des étoiles filantes dans une nuit d'août. Je pensai à la patronne, à ses acolytes perdus au bout de la maison et, tout à coup, je les trouvai bienveillants, presque sympathiques.

Mary, près de moi, était un corps énorme. Je n'avais envie de rien. Les genoux pliés, elle faisait claquer ses cuisses l'une contre l'autre avec désœuvrement. Ce bruit m'agaçait. Il était honnête et dégoûtant. Je ne désirais pas Mary. Cependant, parce que nous étions venus là pour ça, j'essayai de la posséder. Elle m'étreignit si fort que je me sentis écrasé, broyé. Obsédé par l'odeur moisie de la chambre et le chuintement du water qui traversait la cloison, je me libérai de ses cuisses brutalement et me laissai tomber de côté, près d'elle. Au bout d'un moment, elle alluma et me dit que j'étais aussi maigre que le Christ. Elle toucha mes côtes et mes genoux pour s'assurer que c'étaient bien mes os.

— Tu es malade, dit-elle d'un air méfiant et déçu. Je n'ai jamais vu un homme aussi maigre que toi.

En baissant le menton, je pus voir mon ventre, l'angle saillant de mes hanches, ce corps un peu desséché et frêle. A cause de mes chaussettes courtes que j'avais gardées, je ressemblais à un danseur mort et disgracieux. Je fermai les yeux pour ne pas voir Mary et oublier que c'était sa main que je sentais sur moi. Je pensai à Claire, je l'imaginai à genoux sur le divan à la place de Mary et faisant les mêmes gestes sur le corps d'un inconnu. Je dis à Mary d'arrêter. J'avais envie de la gifler et de l'injurier, mais ce fut elle qui m'insulta en me disant qu'elle regrettait d'être montée. Je ne répondis pas et ne dis rien pendant qu'elle s'habillait avec des gestes de dépit retenu. Le froissement de sa gaine et de ses bas qu'elle enfilait me rassura. J'étais tout nu sur le lit, immobile. Je savais qu'elle allait quitter la chambre, sans m'attendre, et me jeter un « adieu » triste et méprisant. J'eus envie de la laisser sortir pour voir si les deux gaillards du petit salon l'arrêteraient afin de lui confisquer son passeport et de l'entraîner dans une chambre. C'est sans doute pourquoi je lui dis :

— Tu es une putain, je ne peux pas coucher avec une putain.

Elle s'approcha de moi, me regarda, la figure

bouffie de colère, et me gifla à tour de bras. Je la dévisageai sans broncher, avec un rire moqueur, pour l'engager à recommencer. Les joues me brûlaient et la mâchoire me faisait mal.

— Va-t'en, lui dis-je.

— Tu es un sale type, balbutia-t-elle.

Puis elle se retourna et acheva de s'habiller avec des gestes désordonnés, en respirant vite.

Elle cherchait son sac. Je lui indiquai où il se trouvait. Elle s'assit au bout du lit pour mettre ses chaussures. Je vis ses jambes, et je lui dis :

— Enlève tes bas.

Elle ne répondit pas mais, visiblement, mon ordre l'avait frappée, car elle hésita un instant imperceptible avant de se lever. Quand elle fut près de la porte, je me dressai sur le lit et lui criai :

— Reste.

Elle tenait la poignée sans bouger comme si, d'une flèche, je venais de la fixer contre la porte.

— Attends, dis-je plus doucement, je m'habille.

Elle lâcha la poignée et ouvrit son sac. Je crois bien qu'elle y chercha un mouchoir pour s'essuyer les yeux. Je ne comprenais pas pourquoi je lui avais dit de rester. Je m'habillai tranquillement comme s'il n'y avait rien de plus naturel qu'elle m'attendît. Elle revint lentement au milieu de la pièce, alluma une cigarette, puis vint s'installer près de la fenêtre, le front appuyé contre la vitre.

Je nouai ma cravate sans me presser, ni oser me regarder dans la glace.

— Tu veux que j'enlève mes bas ? murmura-t-elle.

— Oui.

— Qu'est-ce que tu veux en faire ?

Je ne répondis rien. Elle posa son sac sur la table de nuit et, debout, retroussa sa jupe.

— Il faut que je les enlève complètement ?

— Oui.

Quand elle eut fini, je lui demandai de me donner ses bas, ce qu'elle fit. Je les mis en boule, j'ouvris la fenêtre et m'assurant que le trottoir était désert, je les jetai dehors.

— Tu es complètement fou, souffla-t-elle.

Je m'agenouillai devant elle en lui demandant de ne pas bouger, puis je lui embrassai les mollets, les genoux, les cuisses et le ventre. Sous sa jupe, elle pressait ma tête entre ses mains. Je me levai pour la posséder debout, mais elle me supplia de ne rien faire dans cette chambre qu'elle haïssait. Je sortis en passant devant elle, la tenant par la main.

Dehors, il neigeait. D'épais flocons tombaient tout droit dans la rue comme les plumes d'un matelas. Je fus surpris par l'épaisseur de la neige dans laquelle nous enfoncions jusqu'à mi-cheville. Je le fis remarquer à Mary en m'étonnant que tant de neige ait pu tomber en si peu de temps.

— Nous sommes entrés à 11 heures et il est 4 heures du matin, dit-elle.

Je marchais à côté d'elle sans parler. J'étais stupéfait. Que s'était-il passé pendant tout ce temps dont je n'avais qu'un souvenir sommaire, ramassé et réduit à quelques paroles et gestes.

— Nous avons dormi, dis-je.

— Non, tu m'as parlé, beaucoup parlé.

— Quand ?

— En t'asseyant sur le divan, au début.

Je n'en avais aucun souvenir. Qu'avais-je dit ? Je n'osai le lui demander. Je lui avais sans doute parlé de Claire, car j'eus l'impression que nous l'avions laissée seule et nue dans la chambre où j'étais venu pour la rencontrer sans Mary qui, malencontreusement, se trouvait là, et avec qui je marchais maintenant dans la neige sans trop savoir pourquoi.

— Tu penses à ta femme, dit-elle.

La neige recouvrait ses chevilles nues.

— Je ne pense à rien, dis-je.

— Si, tu penses à elle.

— On va se voir demain, dis-je.

— Si tu veux.

J'aurais aimé qu'elle dît non, puis disparût en courant dans la neige. Je ne sais pas si je l'aurais poursuivie. J'avais beaucoup trop fumé, et mes bronches sifflaient.

— Je suis asthmatique, dis-je. Si tu filais, je ne pourrais pas te rattraper.

— Tu veux que je m'en aille ?

— Je ne sais pas.

En même temps, je lui pris le bras et la serrai contre moi. Je la forçai à marcher moins vite. J'avais envie de m'appuyer au mur et d'attendre un taxi. Mon cœur me faisait mal. Je me félicitais de ne pas me trouver seul avec elle dans une chambre, car je ne la désirais plus. J'avais envie que l'on m'aidât à me déshabiller, à me coucher. Je rêvais d'une boule chaude au fond des draps.

Claire faisait admirablement tout ça. Elle remuait sans bruit dans la chambre, préparait des ventouses, jetait une poignée d'eucalyptus dans la bouilloire du poêle.

— Tu viens me chercher demain ? dit Mary.

— Oui, je t'attendrai devant la porte.

— Tu viendras, c'est sûr ? dit-elle un peu inquiète.

— Oui, oui, je viendrai.

« Ce serait si simple si elle fichait le camp, pensais-je. Je pourrais me coucher plusieurs jours, voir les enfants, les entendre bavarder pendant que je sommeillerais au fond du lit. »

Place du Panthéon, la neige était plus épaisse et vierge. Dans mes cheveux, les flocons formaient une calotte de glace. Mary, le visage pris dans un châle de laine, ressemblait à une paysanne.

— J'ai froid aux jambes, dit-elle en riant.

Je la laissai devant sa porte mais, avant de la quitter, je lui demandai de me montrer ses fenêtres. Elle m'en indiqua deux qui étaient les seules éclairées de la façade.

— Si j'habitais seule, je te demanderais de monter.

— Qui habite avec toi ?

— Une fille.

Je la quittai sans l'embrasser.

CHAPITRE XIV

Quatre heures du matin. Il fait nuit. Pas un seul bruit dans le jardin. Pourquoi me suis-je éveillé ? Un rêve affreux, qui m'échappe tout à coup. J'ai prononcé le nom de ma femme ou plutôt je l'ai appelée. Pourquoi ? J'étais assis dans l'obscurité, je pleurais. Et tout à coup, j'ai reconnu le battement du réveil. Je me suis levé précipitamment pour allumer, retenant mes sanglots sans en connaître la raison. Plus sommeil. Dans quelques heures, il me faudra m'habiller, descendre à la cuisine, traverser le village. Horreur de ma vie. Je m'assieds à ma table et relis les derniers feuillets écrits, il y a plus d'un mois. Il faut continuer...

Je devais prendre l'habitude de retrouver Mary tous les soirs. Elle me fixait rendez-vous dans un café où, des heures durant, nous restions assis en buvant, pour finir la soirée dans un de ces bistrots bon marché où l'on donne à manger toute la nuit.

L'alcool me mettait dans un état de stupeur, coupé d'éclairs de lucidité qui me permettaient d'aborder presque tous les sujets sous un jour insolite, à l'aide d'images étranges. Cela intriguait Mary, et moi aussi quelquefois. D'où me venait cette intelligence passagère et instinctive ? En même temps, je me sentais envahi d'une sorte de puissance, car je croyais voir et exprimer ce que les autres ne voyaient pas et ne comprenaient pas. L'émotivité, l'obsession du rêve et le désir physique formaient la source de mon débordement verbal que paralysait soudain la gêne physique la plus anodine : une quinte de toux, la conscience de ma sottise, le cri d'un enfant qui réveillait l'image de mes trois fils endormis, ou simplement l'ennui qui me pétrifiait comme une paire de gifles.

Mary, par contagion, se mit à boire à son tour. Dans l'ébriété, sa clarté d'esprit, sa sensibilité presque maladive, sombraient dans un chaos de préoccupations médiocres. Tout le conformisme petit-bourgeois hérité de sa famille et dont elle se croyait libérée s'étalait entre nous comme un vomi de petite fille bien sage qui a bu à l'insu de ses parents. Je la trouvais alors presque sotte, vulnérable devant la vie qu'elle voulait mener sans règle ni loi ni concession à l'intérêt, l'argent, et même à l'amour qu'elle prétendait mépriser dans la mesure où elle ne le dirigeait pas à sa guise.

— L'amour, disait-elle, il faut le prendre comme une distraction, n'en abuser que s'il nous apprend quelque chose de neuf sur soi-même.

Il lui arrivait de tenir des propos irritants, en contradiction formelle avec sa conduite. Nous perdions beaucoup de temps ensemble à bavarder inutilement, à regarder les gens, à marcher sans but.

Nous avions renoncé aux hôtels, nous contentant de caresses échangées dans la voiture que nous garions près du Luxembourg. Mary insistait pour que nous revenions toujours au même endroit, dans une avenue en cul-de-sac, face aux grilles du parc. Dans l'humidité glaciale des coussins, elle se déshabillait pour ne garder sur elle que son manteau de laine ; puis elle s'écartait de moi et, appuyée contre la portière, elle disait :

— J'ai peur, j'ai peur de toi.

Le premier soir où elle se dévêtit, un couple passa près de la voiture dont les glaces étaient embuées.

— Baisse la vitre, dit-elle, pour qu'ils me voient.

Je n'en fis rien. Quand le couple se fut éloigné, elle me demanda pourquoi je ne lui avais pas obéi. Et, comme je ne disais rien, elle laissa tomber sa tête sur mes cuisses et se mit à sangloter en balbutiant : « Tu vas me tuer, je sais que tu vas me tuer. » Je lui caressai les cheveux, je redressai son buste lourd et m'agenouillai, non sans mal, devant son corps assis. Le volant, comme une poutre de torture à laquelle nous étions ligotés ensemble, nous paralysait l'un contre l'autre, en me sciant les épaules.

— Je n'ai pas d'autre amant que toi, dit-elle sur un ton désespéré, en me prenant les cheveux dans ses poings crispés.

Et puis, elle appuya ses mains sur ses yeux et dit :

— Je suis folle, tu m'as rendue folle... Qu'est-ce que j'ai ?... Qu'est-ce qui m'arrive ?

Je ne sais si ce sont ses propos qui m'inquiétaient ou la proximité des grands arbres noirs du jardin qui suaient le malheur, ou notre solitude dans la ville brutale, ou bien Mary dont je ne pouvais plus me passer. Car maintenant, dès que la nuit tombait, il était impérieux que je la rejoigne pour finir la soirée là, dans l'obscurité pluvieuse et glaciale, contre les grilles du Luxembourg, pour sentir sa peur comme un ventre, et mon angoisse pareille à un sexe effrayant et cruel déchirant et violant mes rêves de tendresse que baignaient l'odeur du moteur et le bruit du vent brassant les feuilles du trottoir.

Un soir, je me décidai à lui poser des questions précises sur les hommes qui l'avaient possédée. Je lui demandai de me les décrire, de m'expliquer ce qu'elle avait ressenti chaque fois. Et puis, je me tus, la laissant seule, sous la menace de mes questions, déshabiller son passé et me le présenter, nu. Elle grelottait de dégoût et de peur devant ma curiosité. Quand elle eut achevé ses aveux, je lui dis d'ouvrir la portière et de s'en aller. J'étais hébété. Tout mon corps me faisait mal ; je n'avais pas envie d'elle. Elle me demanda pardon, ce qui m'engagea à lui parler plus sèchement. Elle ouvrit son sac, mais je ne sais ce qu'elle s'amusa à ranger dedans pour gagner du temps. Puis elle murmura : « Folle, folle que j'ai été ! » C'est à ce moment-là qu'elle ouvrit la portière et s'éloigna en courant.

Je n'eus pas beaucoup de mal à la rattraper. Je

me mis à rire, à tousser. Et, en même temps, je la suppliai de rester.

— Tu es malade, tu es malade, dit-elle terrifiée et plaintive.

— Oui, oui, ne fais pas attention...

Je lui pris le bras avec les deux mains pour l'entraîner.

Quand nous fûmes assis, je mis le moteur en marche, je lui demandai d'essuyer avec mon mouchoir la buée du pare-brise, ce qu'elle fit en pensant certainement que c'était un piège, et que j'allais en profiter pour faire quelque chose d'horrible.

Je lui dis merci, très doucement. Et la voiture roula dans la nuit.

Je me souviens que je pris la direction de la porte d'Orléans et qu'elle me demanda en passant devant le Lion de Belfort si nous allions à la campagne. Elle avait envie de rouler et de dormir dans une auberge, ce qui signifiait qu'elle accepterait n'importe quoi et que la mort lui semblerait douce comme un voyage de noces.

Je suivis les boulevards jusqu'à la place d'Italie. En passant devant la Cité Universitaire, elle dit : « C'était bien » ou « C'est loin » ; puis elle alluma une cigarette, les mains tremblantes.

J'imaginai la route nationale avec de grands arbres, les petites villes que nous traverserions à toute vitesse, le chemin dans lequel je m'engagerais pour monter vers des collines boisées. Je vis aussi un village fortifié, une église en ruine entourée d'un terrain planté de vieux chênes tordus.

Place d'Italie, les lumières de la foire nous

éblouirent. Je proposai à Mary de descendre. Nous fîmes un tour au milieu des baraques et des manèges. Nous nous arrêtâmes devant le train chenille. Cet énorme serpent de toile, ondulant à toute vitesse avec un bruit de forge, me fascinait. Mary se cramponna à mon bras. « Tu as envie qu'on fasse l'amour là-dedans ? », dit-elle à mi-voix, inquiète. Je n'osai pas lui demander de monter seule. Je l'aurais regardée un certain temps ; et puis je serais parti, pour revenir beaucoup plus tard et ne plus la trouver. Alors j'aurais pu imaginer qu'elle avait été broyée, absorbée, volatilisée par ce monstrueux serpent d'où sortaient des cris de détresse et de plaisir.

On acheta des nougats. Je fis deux cartons à un stand de tir et forçai Mary à jouer avec des balles de son pour abattre des boîtes de conserve vides. Elle souffrait visiblement, mais j'aimais voir sa main se crisper sur la toile souillée des balles, entendre l'effondrement misérable et métallique des boîtes, jeter des coups d'œil complices au patron du stand qui observait le corsage de Mary lorsqu'elle levait le bras. C'était pour lui un plaisir si agréable qu'il nous offrit plusieurs tours gratis. Mary transpirait. Ses mouvements étaient devenus désordonnés et nerveux comme si elle se défendait à coups de pierres contre des gamins. Je pris les balles à mon tour et abattis furieusement plusieurs boîtes qui volèrent avec fracas. Le patron arrêta les frais et donna à Mary une statuette en plâtre représentant une danseuse. Elle avait les seins nus et un cache-sexe doré. Mary prit l'objet. Elle rit sèchement et n'osa pas remercier.

Après, ce fut elle qui eut envie de s'arrêter devant les baraques louches de cartomanciennes et de monstres.

— Pourquoi ne me montres-tu pas dans les foires ? dit-elle, devant une estrade où des badauds, au son d'un tambour, attendaient un spectacle insolite.

Je l'entraînai vers la voiture et nous rentrâmes dans Paris. Elle me dit :

— J'aimerais que tu m'enfermes dans une voiture de bohémiens. On traverserait toute la France. Tu marcherais devant, en tenant le cheval. Le soir, tu te déguiserais en dompteur pour me montrer aux gens. La nuit, on ferait l'amour pendant que le cheval dormirait.

Je lui dis de se taire. J'étais épuisé par l'effort que j'avais fait en lançant les balles de son. Je pensais à La Houdray. Je voyais la petite place de l'Eglise où les forains faisaient halte deux fois par an.

Mary n'avait plus peur. Détendue, elle fumait en me caressant le genou. Je la conduisis jusqu'au Panthéon et la quittai sans l'embrasser.

Je pris l'habitude de ne jamais rentrer avant l'aube. Alors je me déshabillais vite et me couchais. J'éteignais aussitôt pour me jeter dans un coin du grand lit vide et m'y tasser comme un chien épuisé, les paupières serrées, les muscles de la figure durcis par la boisson et la fatigue. La nuit était calme, les draps avaient une odeur de famille et d'ordre. Je prenais l'oreiller à pleines lèvres, j'y enfonçais mes dents et, ramenant la couverture sur mes oreilles, je m'efforçais de ne rien entendre, d'ignorer où j'étais, de me noyer dans un sommeil absolu, sans conscience, sans rêves, sans fin, comme la mort dont j'avais peur, parce que j'étais persuadé que la mienne serait aussi douloureuse et horrible que le supplice de la roue.

Qu'il fût minuit ou cinq heures du matin, le sommeil calme des enfants me glaçait de honte. Qu'elle fût là ou absente, éveillée ou endormie, Claire me guettait, m'espionnait, m'entourait de prévenances, de mépris et de haine. Ses vêtements, ses objets de toilette, tout ce qui lui appartenait exprimait une tendresse, un ordre délicieux et insupportable. Quelquefois, je faisais involontairement du bruit, mais cela ne dérangeait pas les enfants. Le silence de l'appartement était leur silence. Je pénétrais dedans dégoûtant de plaisir, tandis que leur sommeil me comblait de caresses qui retardaient le mien jusqu'à l'aube.

CHAPITRE XV

Depuis des mois, je n'avais pas travaillé devant ma fenêtre ouverte. Ce soir, je me surprends, écrivant à ma table, le visage refroidi par l'air pourri du jardin qui filtre dans l'entrebâillement des volets. Cette marche à travers champs m'a tué. Une odeur de sueur, de boue et de forêt monte de mon corps que semble toucher, comme les arbres, l'éveil du printemps.

Des oiseaux dont je ne connais pas le nom et qui avaient quitté le pays, il y a très longtemps, sont revenus et sifflent. Les arbres sont noirs mais, à travers leurs ramures, le ciel a des couleurs d'été. L'eau coule à la petite fontaine des anciennes écuries : il ne gèlera plus. La maison craque, les chambres inhabitées sentent la vieille armoire où dorment des lettres et du linge oublié.

En rentrant de la plaine, j'ai franchi la barrière, au fond du jardin. Mes jambes ne me portaient plus. J'ai déchiré mon pantalon contre le treillage et suis tombé à genoux dans les buissons. Ma cuisse saignait. Ce n'était pas une cuisse d'enfant, comme autrefois lorsque je déchirais mes vêtements en sautant les clôtures, mais une cuisse pâle, velue et creuse avec des frémissements musculaires misérables et un sang épais, presque noir. Cela m'a dégoûté.

Je soufflais comme un bœuf, les bronches étouffées par le brouillard tiède. La sueur et les fines tiges des broussailles me chatouillaient la figure et le nez. J'ai éternué plusieurs fois et rejoint l'allée, tête baissée, en écartant les branches. Les merles fuyaient devant moi.

Je me suis arrêté sous les cèdres où nichent des corbeaux. Le treillage qui sépare le parc du verger voisin s'est effondré. Les piquets de fer, mangés de rouille, écrasent un grand buis touffu dont la branche maîtresse forme une voûte basse sur l'allée, que je heurte du front la nuit, si je n'y prends garde. Bien que l'obscurité ne fût pas complète, je l'ai cognée ce soir, et j'ai poussé un juron. Dans ma colère, j'ai saisi la branche à deux mains en la tirant de tout mon poids pour la faire céder, mais j'y ai vite renoncé. Le buis est souple, et j'aime cet arbre sous lequel, autrefois, j'ai ligoté la fille du jardinier pour la pendre... Je tirais, à petits coups secs, sur la corde passée par-dessus la branche. La petite ne disait rien. Quand je lui faisais trop mal, elle tapait du pied. Après, ce fut mon tour d'être pendu. Mais un jour, elle tira si fort que je gardai une marque sur le cou très longtemps. J'ai raconté cette histoire à Claire qui en a beaucoup ri et, plus tard, à Mary qui, le premier jour où je l'ai menée à La Houdray, m'a demandé de lui montrer le grand buis. Elle s'est aussi inquiétée de savoir ce qu'était devenue la petite fille. Je n'ai pu la renseigner.

— Tu aurais été heureux avec cette fille, dit-elle, songeuse. Tu l'aimais bien.

Tout cela m'est revenu à l'esprit, ce soir, tandis que je me cramponnais stupidement à la branche pour la faire céder. Epuisé, je me suis assis au bord du chemin. J'ai balbutié : « Mary, Mary. »

La cuisse me brûlait. L'église sonna six heures, et je vis le clocher à travers les branches. Il avait l'air d'un témoin. Il dominait le village, le parc. Il pouvait voir tous les recoins du jardin et raconter mon enfance. Il ressemblait à un sinistre Pierrot tenant les yeux baissés. Il avait honte de tout ce qu'il savait et cachait dans son toit d'ardoises d'horribles souvenirs, des secrets d'enfants et d'adultes broyés par le fracas des cloches. L'église du village ne servait qu'à ça : tout voir, tout juger. Un observatoire pour l'œil de Dieu. Si l'église de mon village n'avait pas existé, je n'aurais peut-être jamais eu de conscience, ni de honte. Une fois encore cette cloche, dans la brume, me cognait le front comme des coups de bélier. Mary aussi, autrefois, la détestait. Les jours où nous venions ici, pour ne pas l'entendre, nous marchions dans la campagne comme un couple d'animaux affolés, traversant champs et bois, recherchant les ornières fangeuses, les prés que les troupeaux avaient labourés, les carrières abandonnées où nous traînions nos bottes. La nuit venue, nous reprenions la route de Paris, nous réfugiant dans les cafés où nous buvions à l'abri des cloches, stupéfaits de fatigue, la tête pleine d'arbres morts et de chemins vides.

Nous n'avions toujours pas de lit.

Elle partit brusquement pour l'Espagne, sans me donner d'explication et, trois jours plus tard, m'annonça son retour par un télégramme fiévreux.

A Orly, j'appris que l'avion avait une heure de retard. C'était un dimanche, au début de la nuit. Je téléphonai à la maison, pour demander à mon fils aîné si tout allait bien, en lui promettant de rentrer de bonne heure. Il voulut savoir ce que j'avais fait toute la journée, mais je n'osai lui avouer que j'avais passé mon dimanche dans les rues. Ma voix s'affaiblit. Je balbutiai des mots tendres, l'assurant de mon amour et m'inquiétant stupidement de sa santé. Il se mit à rire et dit :

— Papa, tu es fou...

Et soudain angoissé :

— Papa, je voudrais que tu sois là.

Je raccrochai sans répondre, feignant d'avoir été coupé. Je sortis de la cabine avec la voix de mon enfant suspendue dans le vide. Les gens ne me regardaient pas. Tous, voyageurs riches, valises énormes et jaunes tachées de noms d'hôtels, tweeds chauds, visages hâlés... Et parfois, un regard des Mille et Une Nuits, mains fines, bijoux lourds autour d'un cou décharné. Tout ce monde traversait l'univers dans un vaisseau de rêve. Où étaient-ils ? Ils n'en savaient peut-être rien. Orly n'était qu'une escale, un sandwich que l'on mange entre deux songes. Et moi, je n'avais jamais pris l'avion, ni respiré l'air délicieux de la nuit dans le bruit des moteurs fous... Et j'entendais toujours la voix de mon fils, au bout du fil... Je m'assis sur une banquette et fumai, sans plus regarder personne.

Lorsque Mary apparut, plus élégante que les autres et courant vers moi, je fis semblant, d'abord, de ne pas la connaître pour que la foule ne se mît pas à la mépriser. Mais elle me serra contre elle, m'inondant du parfum délicieux que l'on prend au contact des riches, me prenant par le bras, m'embrassant dans le cou. Inquiet, je regardai si les gens nous observaient. Puis, je la repoussai, assez brutalement, pour prendre ses valises, qui étaient lourdes. Je les portai allégrement, chacune dans une main, comme si je n'étais venu là que pour ça, trouvant ainsi une explication à ma présence et, tout au long du parcours qui nous séparait de l'auto, une raison d'être avec elle sans lui parler.

Elle avait une bonne nouvelle à m'apprendre : son amie, ayant quitté Paris, elle disposait de l'appartement. Cela signifiait que je pourrais y passer mes nuits, dès ce soir même, si je le voulais. Mais je gardai le silence. J'entendais toujours la voix de mon fils, cette voix que j'avais étouffée au téléphone. Je le voyais, dans le champ des phares, les bras allongés le long du corps, comme s'il attendait que je le tue. J'aurais voulu que Mary devînt tout à coup vulgaire et insupportable pour me donner un motif d'arrêter la voiture, d'ouvrir la portière et de la chasser. Mais elle ne disait rien, respectant mon silence, gardant pour elle le récit de son voyage qu'elle avait envie de me raconter. Loin de moi, elle s'était visiblement arrangée, élégante, plus jolie, l'air heureux, le visage purifié par l'air et des distractions inconnues. Mais très vite, le temps d'atteindre la porte d'Italie, je l'avais déjà salie. Et dans le rétroviseur, je surpris son regard traqué.

— Je te conduis chez toi et je rentre, dis-je.

Elle me répondit de faire ce qui me plairait, n'ouvrit plus la bouche jusqu'au Luxembourg et voulut monter ses valises. Mais je les lui arrachai des mains et la suivis dans la vieille maison que je ne connaissais pas. L'escalier sentait l'urine ; l'humidité suintait des murs. J'identifiai, sur le palier, un cabinet et une petite fenêtre donnant sur une cour cernée de maisons basses que gardaient de hautes cheminées de zinc. Elle sortit un trousseau de clefs, poussa la porte et fit craquer une allumette pour mettre en marche un radiateur à gaz d'où sortit une détonation sourde ; puis, il se mit à ronfler confortablement.

— Assieds-toi, dit-elle, tu vas boire un peu.

Elle me parlait comme si j'étais un enfant. J'obéis après avoir rangé soigneusement les valises contre le mur.

Il y avait un divan sale, des livres, des bouteilles d'alcool, et, sur le mur, des masques chinois hideux. Elle avait jeté son beau manteau sur une chaise et s'occupait, dans la cuisine, à me préparer une boisson. C'était un bruit agréable et délicat de vaisselle, un bruit maternel. Je prononçai son nom, à mi-voix, pour m'assurer qu'elle était bien là et que nous étions ensemble. Elle me répondit « oui » d'une voix assez lente et ferme qui signifiait : « Ne crains rien, nous sommes chez nous. »

Je voulus m'allonger sur le divan, mais à cause de l'asthme, qui m'étouffait, je dus me relever. Sous le tissu délavé du lit, il y avait des draps sales. Dans la petite glace qui reflétait l'intérieur de la pièce voisine, je vis un autre divan, d'autres masques, un rideau entrouvert dissimulant des vêtements d'homme.

— Qui habite là ? dis-je.

— Personne.

— Tous ces vêtements, à qui est-ce ?

— A l'ami de Judith, c'est lui qui nous a loué l'appartement.

— Où est-il ?

— Parti avec Judith.

Elle vint s'asseoir près de moi et me fit boire un grog. D'une main, elle tenait le verre, de l'autre elle me caressait la nuque, tandis que j'avalais le liquide brûlant à petites gorgées.

— Où couches-tu ? dis-je.

— Là, dit-elle, en soulevant la couverture pour me montrer les draps. Mais ce soir, on va aller dans le grand lit de Judith.

Je n'en avais pas envie. Je lui demandai à manger. Elle m'apporta un sandwich avec du fromage et un verre de vin ; puis elle retira sa jupe, son soutien-gorge et ses bas. Elle vint s'accroupir près de moi.

— Je n'ai pas peur, ce soir, dit-elle.

Elle avait une belle peau dorée et saine. Ses genoux s'étaient fait une niche dans mon ventre. Elle fumait sans me regarder. Ma cravate trop serrée me donnait des battements d'oreilles. Mes souliers étaient lourds comme du plomb.

Je ne sentais rien d'autre que ma cravate et le poids de mes chaussures. Mon ventre était vide comme le bassin d'un squelette. Mes vêtements recouvraient un corps éteint, un corps de plâtre. Je caressai les jambes de Mary et relevai son jupon jusqu'au ventre. Elle me supplia de me déshabiller, mais je n'en fis rien. Elle m'attira alors près d'elle. Je restai ainsi sans bouger, la bouche contre sa tempe. Je prononçai son nom plusieurs fois. Elle me caressa les cheveux.

— Tu es malade, dit-elle doucement.

Je lui pris sa cigarette, fermai les yeux et avalai plusieurs bouffées qui me firent tousser, en m'obligeant à me relever et à m'éloigner d'elle.

— Je vais pisser, dis-je, sachant que les waters étaient dans l'escalier.

— Je vais me coucher dans le grand lit, dit-elle en me regardant dans les yeux.

Je voulus m'enfermer dans le cabinet, mais il n'y avait pas de crochet, pas de lumière ni de siège. L'endroit avait une forme triangulaire. Bien d'aplomb sur les semelles de ciment, les jambes un peu écartées, mes épaules frôlaient le battant de la porte entrebâillée. Je me déculottai et restai debout sans uriner, écoutant les bruits rares de la maison endormie et cherchant à me souvenir du corps de Claire. Le courant d'air de l'escalier me glaçait les cuisses. Je restai peut-être là cinq minutes, ne pensant qu'à ma femme ; puis je me reculottai sans me presser. Mon corps n'existait pas. Je ne sentais que mes bronches étouffées par l'oppression. En sortant, je croisai un homme que je n'avais pas entendu monter. Je lui dis « pardon » sans le voir et m'effaçai. Il prit ma place, et je rentrai dans l'appartement.

Mary m'appela. Elle était couchée dans le grand lit de Judith.

— Tu as été long, dit-elle. Tu te déshabilles ?

Je ne dis rien et commençai à me dévêtir. J'avais envie de m'asseoir, de mettre mon front dans mes mains, d'implorer Dieu, de demander pardon à Mary. Les rideaux de la fenêtre n'étaient pas tirés. Je voyais les colonnes du Panthéon, des nuages d'incendie, ma voiture, comme un vieux chien le long du trottoir. Je gardai mon slip et m'approchai du lit. Je restai d'abord accroupi sur la couverture. Mary portait une chemise bleue de pensionnat. Au-dessus du lit, il y avait un réveil arrêté, une photo d'homme ; large tête, chemise échancrée sur un buste d'athlète. Il riait, montrant de belles dents saines, il riait des femmes, des pauvres bougres, des pleutres et des ratés.

— Que regardes-tu ? dit Mary.

— Qui est cet homme ?

— L'ami de Judith.

Derrière moi, il y avait l'odeur de ses vêtements entassés dans la garde-robe et, un peu partout, des livres dont il avait nourri son cerveau inconnu.

— Viens, dit Mary.

Mes genoux maigres avaient l'air de deux moignons. Je me glissai sous les draps. Elle éteignit, et son corps devenu brûlant se trouva contre le mien. Je l'embrassai comme un fou, errant sur elle, désespéré, m'agenouillant devant son corps, puis y plongeant la tête, la rage au cœur, prêt à hennir comme un cheval ailé retenu par d'énormes sabots de plomb. Je ne trouvais plus sa tête, ni ses seins. Je m'enlisais dans les draps en désordre. Mes yeux ne voyaient plus la lueur glauque de la fenêtre. Mes mains cherchaient sur le drap. Et soudain mon front cogna un genou de Mary. Je le saisis aussitôt.

— Laisse-moi, dit-elle d'une voix froide.

— Pardon, balbutiai-je... je te demande pardon.

— Va-t'en.

Je me jetai sur elle dans le noir et la giflai au hasard. Mes bras battirent l'air et les couvertures. Je perdis l'équilibre et me retrouvai à genoux, sur le sol. Je me relevai. Je répétai : « Pardon, pardon » en pleurnichant. J'errai dans la pièce et retrouvai mes vêtements entassés sur un fauteuil. Je tremblais de froid. Je m'habillai sans me presser et mis un temps infini à ajuster mes bretelles. Je laçai mes souliers avec soin, plantant un genou en terre, l'un après l'autre. Dans l'obscurité, j'entendis Mary enfiler sa chemise.

Quand je fus debout, elle alluma, ne me regarda pas et prit sur la table de chevet une revue qu'elle se mit à feuilleter.

— Adieu, Mary, dis-je.

Elle me laissa sortir de la pièce sans répondre. Je traversai l'autre chambre, espérant qu'elle allait me rappeler. Je me cognai contre l'appareil à gaz, sortis sur le palier. C'est à ce moment que j'entendis sa voix, tout de suite étouffée par la porte que je claquai avec force. Je dégringolai l'escalier en courant. Oubliant la voiture, je continuai à courir le long des murs, en remontant vers la rue d'Ulm au coin de laquelle je m'arrêtai ne sachant où aller, comme un voleur.

J'aurais voulu me retrouver tout à coup dans une ville étrangère, marchant droit devant moi, côtoyer des gens parlant un langage inconnu, des gens qui m'offriraient des fleurs, des fruits de toutes les couleurs et de petits jouets amusants. Je me serais arrêté devant une fontaine entourée de pigeons et d'oiseaux aux ailes rouge et jaune tandis que l'horloge énorme et baroque d'un hôtel de ville d'opérette carillonnerait à toute volée.

Mais c'était la cloche de l'Ecole normale ou du Lycée Henri-IV qui tintait, évoquant l'aube glaciale des dortoirs, l'intelligence des bons élèves, les défilés en uniforme, les études, la réussite organisée, les majors de promotion, l'irrésistible mécanique qui projette en avant les plus forts. Je me mis soudain à haïr ce quartier de bûcheurs, de turnes et de dortoirs, cette culture puante.

Je fis le tour du Panthéon et descendis la rue Clovis où, autrefois, sortant du bac, je m'étais éloigné seul, refusant de me joindre au monôme. La haine du groupe, du rang, de la menace collective, de la peur collective. Je tournai en rond dans le quartier de la porte Contrescarpe sans me décider à rien. Je ne pouvais m'éloigner de Mary.

J'entrai dans un hôtel borgne et demandai une chambre dont on me tendit aussitôt la clef. Pour une fois, personne ne discutait ma volonté. J'en fus si surpris que je tournai et retournai la clef, plusieurs fois, dans ma main avant de monter. Qu'allais-je faire là-haut ? Je commençai par ouvrir les volets de la fenêtre. Elle donnait sur un mur, soutenu par d'énormes béquilles, et un petit terrain vague clos de palissades où se promenaient deux chiens tournant gaiement en rond, côte à côte, comme un attelage de chevaux de cirque. Contre le mur, un homme et une femme enlacés, que je pris d'abord pour un tas de vieux chiffons, geignaient. La femme était couchée sur l'homme. On voyait les semelles de leurs souliers éculés tournées vers la lumière de la chambre et, parfois, la peau blanchâtre de leurs mollets. Si Mary s'était couchée ainsi sur moi, peut-être aurions-nous trouvé le bonheur. J'aurais disparu sous elle, pareil à cet homme dont je ne voyais que le manteau déchiré et la casquette écrasée sur le nez, comme un ivrogne endormi.

Derrière la palissade que je dominais, il y avait une ruelle en pente. Sur le trottoir, le front collé contre la palissade, deux hommes regardaient entre les planches. Ainsi, nous étions trois à épier ce couple qui faisait l'amour, et à l'envier. Je me sentis aussi dégoûtant que les autres, peut-être plus ignoble parce que je les voyais eux aussi, alors qu'ils ne savaient pas que j'étais là, dans ma petite chambre, et que je venais de quitter une femme qui m'avait chassé.

Je revins vers le lit et m'étendis. Il était large avec des draps propres. Il y avait la place d'une femme à côté de moi. Je caressai le drap à l'endroit où un ventre aurait pu se trouver, puis je me mis à tousser par petites quintes brèves qui firent tinter doucement les ressorts du sommier. Au fond de mes oreilles enfoncées dans le traversin, cela fit un bruit de cloches lointaines. Je me tournai de côté. Bientôt je m'aperçus que je pleurais. Je me levai pour chercher le lavabo, croyant que j'avais envie de vomir. Mais il n'y avait pas de lavabo. Je revins vers le lit, m'essuyai avec le drap ; puis je m'agenouillai, sans raison, les bras étendus devant moi sur le couvre-pieds. Je restai dans cette position un bon moment, revenant tout doucement à moi, ouvrant et fermant les paupières, reniflant, me grattant la cheville de la pointe de mon soulier, exactement comme autrefois lorsque je sortais de l'abrutissement délicieux qui suit la communion, les genoux meurtris, le cœur refroidi, la tête vide, l'esprit occupé à de petites choses de la vie journalière.

Je descendis au bureau où sommeillait un gardien noir que je dus réveiller pour lui demander la permission de téléphoner. Je composai le numéro de la maison. Mais la sonnerie crépita dans le vide et je raccrochai.

Il était quatre heures du matin. Je remontai dans ma chambre et m'étendis jusqu'à l'aube, sans quitter la fenêtre des yeux. Peu à peu, je commençai à distinguer le dôme du Panthéon enfoncé dans le brouillard qui sortait de la nuit et la dissipait. Le brouillard se dissipa, lui aussi, et devint le jour.

Mary dormait à quelques pas. A cause des rideaux, elle ne savait pas que cette affeuse nuit était finie. Elle dormait avec son plaisir insatisfait, refroidi dans les draps sales, le visage enlaidi par un sommeil humilié.

Le terrain vague était vide : plus de chiens, plus de couple, un tas d'ordures et un grand trou plein de ferraille et de plâtras.

Je descendis, payai la chambre et revins vers la maison de Mary. J'empruntai le même chemin que la veille. Je ne désirais pas Mary. J'avais envie de la voir à sa fenêtre et de continuer ma route en descendant la rue Soufflot. Si elle m'avait fait signe de monter, j'aurais obéi. Je me serais assis sur le divan de l'entrée et j'aurais pris la revue ou le livre qui me serait tombé sous la main, feignant de lire, écoutant tous les bruits et l'attendant.

Des femmes gravissaient le portail de Saint-Etienne-du-Mont. Je les suivis et pénétrai dans l'église. Que cherchais-je à voir, au juste ? Il y avait une messe au maître autel. Je me glissai dans une rangée de chaises vides et restai là, regardant le prêtre et les gens. Devant moi, se tenait une jeune fille seule. Elle pouvait avoir quinze ans, vêtue bourgeoisement, chaussée de jolis souliers, avec des bas à élastique s'arrêtant sous les genoux un peu gonflés. Elle portait un béret surmonté d'un pompon noir, deux grandes nattes de cheveux blonds qui pendaient sur ses épaules. Elle tenait dans ses mains un livre de messe qui, lorsqu'elle lisait, l'obligeait, parce qu'elle était myope, à baisser la nuque, une nuque pâle, presque verte, entourée d'un flot de petits cheveux courts et emmêlés. Devinant que je l'observais, elle détourna légèrement la tête mais n'osa pas me regarder et, sans quitter des yeux son livre de messe, vint se placer à l'extrémité du rang. De vieilles femmes s'arrêtèrent près de moi. Je m'effaçai poliment pour les laisser passer. Après réflexion, elles se ravisèrent pour aller s'agenouiller un peu plus loin. Las d'être debout, je m'assis et constatai que toutes les chaises autour de moi étaient vides. La plupart des fidèles s'étaient rassemblés près du chœur, à l'exception de la jeune fille aux nattes. Agenouillée sur la dernière chaise, contre une colonne, elle avait plongé sa petite figure dans ses mains. Sa dévotion m'arracha un sourire attendri. Je me mis à genoux à mon tour et contemplai mes doigts osseux. Ils ressemblaient à des pattes d'oiseau dont on aurait coupé les extrémités pour les empêcher de se refermer.

Les tempes dans les mains, je laissai un crachat glisser le long de mes lèvres. Cela fit un bruit froid sur la pierre. La jeune fille remua le pied comme si je l'avais involontairement touchée. Sa dévotion m'irritait. Lorsqu'elle se leva pour aller communier, découvrant son mince visage pieux, j'eus envie de la saisir par le poignet pour la retenir et l'entendre hurler. De la manche, elle frôla mes cheveux, et je sentis son odeur. Je m'assis pour mieux la voir s'éloigner, mais elle fit soudain un faux pas, essaya de se rattraper à une chaise. Ses bras se levèrent, puis elle les replia durement contre sa poitrine et s'écroula la face en avant, entraînant avec elle un prie-Dieu. Il se renversa de côté dans un grincement déchirant qui envahit la voûte et se répéta sur les bas-côtés. Le corps raidi de la jeune fille exprimait une douleur insupportable.

Je reculai de deux chaises dans le rang sans cesser de la regarder. Des gens, au fond de l'église s'agitaient. J'entendis leurs pas précipités. Ils s'agenouillèrent devant la jeune fille et la retournèrent sur le dos. Sa figure si pâle était devenue rouge, avec des taches violacées sous les yeux.

— Ouvrez-lui la bouche, il faut lui ouvrir la bouche, dit quelqu'un.

Un homme qui se trouvait là sortit un couteau de son gilet, un couteau muni d'un tire-bouchon. Je crus d'abord qu'il allait l'ouvrir pour le faire pénétrer de force entre les lèvres de la jeune fille. Mais il ne sortit que la petite lame avec des gestes rapides et d'une précision extraordinaire. Je ne vis plus rien, car il y avait maintenant une douzaine de personnes autour du corps.

Quelqu'un se retourna et me dit :

— Vous n'avez donc pas compris ce qui lui arrivait ?

Je ne répondis pas. Le groupe s'éloignait en emportant la jeune fille qui revenait à elle et protestait faiblement. Un pan de son manteau traînait sur la pierre. Je vis sa jambe blonde et nue, car sa chaussette avait glissé jusqu'à la cheville.

Passant alors le bras entre les chaises, je remassai le livre de messe qu'elle avait laissé tomber. Diverses images s'étaient échappées du missel. Je les ramassai aussi, une à une. Sans les regarder, je les plaçai avec soin dans le livre qui était épais, presque neuf et dont la couverture de cuir était douce au toucher. Je le posai sur mon prie-Dieu, croisai les bras et regardai du côté de l'autel.

Le prêtre n'était plus là. Un enfant de chœur éteignait les cierges. Les fidèles se dispersaient par les bas-côtés. J'étais seul sous la nef. Je fis un signe de croix et sortis, le livre de messe à la main. Personne ne m'arrêta pour me demander pourquoi je portais ce livre qui ne m'appartenait pas, ce qui m'étonna.

Quelques femmes bavardaient devant la voûte, mais je compris, avec soulagement, qu'elles ignoraient l'incident ou n'y pensaient plus.

Un soleil frais inondait la place. Je respirai plusieurs bouffées de cet air vif, puis descendis calmement les marches du portail. Je m'arrêtai pour nouer les lacets de mes souliers. Un peu plus tard j'entrai dans un petit bistrot au coin de la rue de la Montagne pour boire un café. Le patron était un Chinois. Il vit le missel que j'avais déposé sur la table et me servit avec complaisance, sans manquer cependant de jeter des coups d'œil intéressés sur mon livre. Je finis par lui avouer, au moment de payer, qu'il n'était pas à moi.

— Si cela vous amuse de le garder, dis-je.

Il m'avoua alors qu'il ne s'intéressait qu'aux images pieuses, dont il faisait collection.

— Regardez, dis-je, et prenez celles qui vous plaisent.

Il me demanda alors l'autorisation de s'asseoir en face de moi et se mit à feuilleter le missel, avec des mouvements délicats et habiles des doigts, comme s'il avait une grande habitude de ce travail et s'y livrait quotidiennement. Ses mains d'Asiatique me fascinaient. Elles étaient belles et répugnantes, surtout le pouce, continuellement en mouvement pour tourner les pages lisses de papier bible. Il sortit toutes les images, les disposa en jeu de patience et les examina, perplexe, avec une expression vile et séduisante.

— Je les prendrais bien toutes, dit-il.

Je souris avec indulgence et lui fis signe de les rassembler. Je lui proposai le livre par-dessus le marché, mais il refusa assez sèchement, plaça les images dans une enveloppe crasseuse et ne s'occupa plus de moi.

Quand je sortis, le soleil était chaud. Le café fort que je venais de boire m'avait excité l'esprit. Je fis un tour dans le quartier, admirant les vieilles maisons et examinant les passants qui ressemblaient à des personnages d'estampes. Je fis un nouvel arrêt dans un café pour boire une bière fortement alcoolisée, mais surtout pour me délester du livre de messe que j'abandonnai sur la banquette en l'enfonçant entre le mur et le cuir.

Enfin, j'entrai chez un coiffeur arabe pour me faire raser et acheter un peigne de poche. J'achetai aussi divers journaux et des cigarettes américaines. Après avoir ajusté ma cravate dans la glace d'un boulanger, je remontai vers le Panthéon.

Une voiture de police stationnait devant l'église. Je détournai les yeux et m'arrêtai pour lire, devant un restaurant, le menu de midi. Je me sentais sain, équilibré et capable de soutenir une conversation intelligente sur divers sujets.

Ce quartier m'inspirait. Je songeai même un instant à demander, dans le premier hôtel venu, le prix des chambres pour un séjour prolongé.

Je fis le tour du Panthéon en longeant la rue d'Ulm, me souvenant, comme si j'avais rêvé, de mon désarroi de la veille, de ma haine pour la jeunesse et les hommes en général. Un mendiant tendit vers moi sa main ouverte. Je m'arrêtai pour lui donner cinq cents francs. Mon geste me plut. Je le trouvai assez élégant, car j'avais très peu d'argent sur moi.

Je continuai ma route en direction de la rue Soufflot et attendis de me trouver devant la maison de Mary pour lever les yeux vers sa fenêtre, me réservant, jusqu'au dernier moment, la surprise de découvrir qu'elle dormait encore. Les deux fenêtres étaient grandes ouvertes mais la première, inondée de soleil, attira mon regard. Mary se tenait debout dans l'embrasure, en chemise de nuit, peignant ses longs cheveux devant une glace qu'elle avait suspendue à l'espagnolette. Elle se tourna vers la rue, me fit un signe du bras et se pencha en souriant sur le balcon.

— Je t'ai vu depuis longtemps, dit-elle avec espièglerie.

— Tu as bien dormi ?

— Merveilleusement. Monte, j'ai fait du café très fort.

La concierge, que je n'avais jamais vue, me regarda avec intérêt, mais ne me posa aucune question. La porte de l'appartement était entrouverte et je n'eus qu'à la pousser. Elle glissa sur le tapis usé avec un sifflement amical.

Je m'assis à la même place que la veille et allumai une cigarette américaine tandis que Mary, dans la pièce voisine, continuait à se coiffer devant la fenêtre. Mais je ne la voyais pas et nous ne disions rien. J'entendais le bruissement soyeux de la brosse dans ses cheveux. Je devinais le bruit imperceptible et léger de l'air que le mouvement régulier de son bras déplaçait. Devant moi, près de la fenêtre donnant sur la cour, elle avait préparé le petit déjeuner et disposé deux tasses face à face.

Une bonne odeur de café chaud sortait de la cuisine minuscule et crasseuse. Sous le lit où j'étais assis, dépassant légèrement du sommier, il y avait une paire de pantoufles d'homme que je n'avais pas remarquée la veille. Je me penchai pour les sortir et les mettre en évidence. Elles étaient très larges, le talon écrasé, et presque neuves.

— Je peux commencer à manger ? dis-je.

— Mange, répondit-elle d'une voix triste et déçue.

J'allai chercher le café à la cuisine et me servis.

Le ciel était bleu. Le bruit de la ville formait un bourdonnement uniforme et doux, comme une machine électrique souterraine. Je me servis copieusement du beurre, de la confiture, et mangeai grossièrement en faisant du bruit avec ma bouche.

J'étais tranquille, sûr de moi. J'attendais Mary sans impatience. Elle parut enfin dans sa chemise de nuit de coton et, sans que je prenne la peine de lever les yeux sur elle, s'assit en face de moi.

Nous ne disions rien. Elle buvait sans manger. Sous la table, je sentais son pied nu qui frôlait le pli de mon pantalon.

— Ouvre ta chemise, dis-je.

— Mon corsage ?

— Oui.

Elle l'ouvrit jusqu'au-dessous des seins. Alors je ne la regardai plus. Je fixai la fenêtre et le ciel bleu. Je fumais sans arrêt. Mary aussi fumait, la tête basse, soumise, déçue, heureuse parce qu'elle ne comprenait plus rien.

Elle se leva pour ranger la vaisselle dans la cuisine. Quand elle revint pour prendre ce qui restait sur la table, elle avait les yeux rouges. Je lui dis d'enlever sa chemise. Elle déposa la vaisselle sur la table et obéit.

J'allai m'étendre sur le divan et lui dis de venir. Elle s'étendit sur moi, maladroitement, sans trop savoir ce que je voulais. Je la serrai contre moi et me retournai sur elle, assez brutalement, en la plaquant dans le creux, entre le mur et le divan ; puis je l'embrassai. J'étais tout habillé. Cependant je sentais son corps mieux que si je m'étais trouvé nu. Elle me déshabillait timidement. Je n'attendis pas qu'elle eût fini et je la possédai, fou de joie. Elle pleurait, relevant la tête pour la plonger dans ma veste comme si j'étais une eau merveilleuse, respirant mon odeur, me suppliant de continuer jusqu'à ce qu'elle hurle. Je restai sur elle si longtemps que je vis son visage pâlir, se flétrir, et tout son corps devenir mou et tendre. Elle s'assoupit tandis que je la tenais encore étroitement. Ses seins s'étaient affaissés. Je restai à genoux devant elle, entre ses jambes, haletant comme un chien heureux.

Quand je me levai, le frémissement passager de midi avait envahi la rue.

Je retirai ma cravate, ouvris ma chemise, allumai une cigarette et restai seul, accoudé à la fenêtre, tandis que Mary, dans la petite pièce, dormait nue.

Un groupe noir et gris de gens rassemblés devant Saint-Etienne-du-Mont me rappela que c'était dimanche. Ils se saluaient, arpentant avec majesté les marches du portail sans se décider à se séparer. Deux flics bavardaient sur le trottoir.

Je voulus me baigner, mais il n'y avait pas d'eau chaude. Sans hésiter, je m'inondai d'eau glacée, puis me coiffai lentement avec un peigne crasseux d'homme. Un peu partout, je découvrais des objets masculins : cravates chiffonnées, vieilles pipes, livres philosophiques bourrés de notes manuscrites indéchiffrables, ennuyeuses et plates, sac de montagne puant la conserve pourrie et, dans la table de nuit, un revolver vide. Sans connaître cet homme, je le redoutais et le détestais. S'il était entré, je l'aurais reçu comme chez moi, avec une bonne humeur empruntée et cette virilité nonchalante que j'admire tant. Flattant sa vanité, je l'aurais poussé à me raconter les faits saillants, les exploits amoureux et guerriers de sa vie. J'aurais, alors, pris la parole à mon tour pour tenir des propos vils et plats sur la bourgeoisie, l'argent, la sottise et l'avenir sans issue de la jeunesse française. Il m'aurait demandé mon âge et j'aurais menti. Mais il ne se serait sans doute pas inquiété de mon métier et de l'usage que je faisais de mon temps en général, car il n'était pas difficile de deviner, à tous les signes accablants d'égoïsme qui peuplaient son logement, que je ne pouvais ni l'intéresser ni être pris par lui en considération. D'avance, je savais qu'il me trouverait « sans étoffe », formule qu'il devait employer volontiers. Il parlerait fort, afin d'éveiller Mary qui, sentant sa présence et la mienne, comprendrait tout de suite que lui seul était l'homme. Elle entrerait, roulée dans sa robe de chambre. Il ne lui adresserait la parole qu'après avoir achevé son monologue, sur le ton flatteur et absent que l'on accorde à un inférieur. Et soudain, je comprendrais qu'elle couchait avec lui et l'aimait parce qu'il la méprisait.

Je revins près d'elle. Elle dormait, le visage moins ravi, presque renfrogné. Je jetai sur elle sa jupe et son chandail, puis je lui pris le poignet.

— Je m'en vais, dis-je.

— Bon, dit-elle sans ouvrir les yeux.

Je sortis. L'odeur froide d'urine provenant du cabinet inondait l'escalier. Je ne savais pas pourquoi je partais ni où j'allais. Rue Soufflot, le visage des gens du dimanche me donna la nausée. Je descendis jusqu'à la Seine comme si je rentrais chez moi. Le soleil me brûlait les yeux. J'entrai dans un café où je commençai une lettre pour Mary. Des gens mangeaient autour de moi. Soudain je me levai et l'appelai au téléphone :

— C'est toi ? dit-elle anxieuse.

— Oui.

— Où es-tu ?

Je ne répondis pas. Il y eut un silence.

— Tu viens ? souffla-t-elle, enfin, d'une voix douce et espiègle.

Je raccrochai et sortis comme un fou. Mon cœur me faisait mal. J'essayai de courir, mais je suffoquais.

Avant de monter chez elle, je m'arrêtai chez un charcutier pour acheter notre déjeuner.

CHAPITRE XVI

Où était Claire ? Que faisait-elle ?

Je viens de prononcer ces mots tout haut, en levant la tête pour regarder les volets mal joints qui suintent de pluie.

J'aimerais que l'averse s'apaisât pour écouter ses pas dans l'allée. J'attends son retour depuis des années, car je ne puis croire qu'elle ne partage pas avec moi cette vertu : la fidélité au serment, cet amour qui subsiste à cause du serment lui-même, comme s'il en était la vraie source. J'imagine son corps de vingt ans. Je la fais plus belle, plus douce qu'elle ne fut jamais. Je construis une femme qui n'a pas existé et pour laquelle je suis né. Claire est ma véritable épouse depuis que je vis seul. Chaque jour, son visage, au lieu de se dégrader, se précise parce que je la reconstruis exactement comme une morte que j'aurais le pouvoir de ressusciter en la transformant.

Comment étions-nous parvenus à vivre en nous ignorant absolument, évitant de nous trouver ensemble à la maison et, si nous nous rencontrions, cherchant aussitôt à nous fuir ?

Chacun secrètement accusait l'autre et, à mesure que le temps passait, découvrait dans sa volonté de rester silencieux, non plus le refus de l'orgueil, mais sa propre culpabilité et sa faiblesse devant la découverte d'un plaisir inconnu.

Pourquoi cependant avais-je le sentiment de la bafouer et de l'humilier ? D'où me venaient ces sursauts de honte en serrant Mary dans mes bras et, dans le plaisir même, ces bouffées de désir pour une femme que je ne possédais plus, mais dont le nom venait sur mes lèvres ?

*

Ce jour-là, Mary et moi, nous avons mangé à la même table qu'au petit matin. C'est moi qui mis le couvert. Je préparai aussi le repas. Elle me regardait, assise, vêtue d'une robe noire, les cheveux brillants, les jambes nues. Ses pieds blancs jouaient avec des brodequins de satin noir. Elle fumait, tenant sur ses genoux les poésies de Mallarmé qu'elle ne comprenait pas. Elle relevait sa robe de temps en temps et me demandait de venir lui embrasser les jambes.

La chambre sentait toujours le linge d'homme et la pipe. Le soleil avait envahi l'appartement, réveillant des odeurs d'étoffe, de vieux livres, de poubelle et de toilette. Seul, le grand lit restait dans la pénombre, protégé par les rideaux tirés dont les grosses fleurs imprimées se détachaient, dans le faux jour, comme des souvenirs.

C'est là que nous nous sommes étendus, abrutis de vin et de charcuterie, nous étreignant pour sommeiller ensuite, nous enroulant dans les draps si nous avions froid, rejetant les couvertures parce que nous brûlions, écoutant l'heure à l'horloge de l'église sans compter les coups, la devinant aux bruits de la rue, aux dessins que la lumière, filtrant des rideaux, formait au plafond.

C'était l'heure poussiéreuse, écœurante jusqu'aux larmes, des pâtisseries pleines de bourgeois tristes.

Où étaient mes fils ?

Sur le drap, s'éparpillaient de petites épingles à cheveux, araignées mortes autour du corps de Mary, flasque et doré sous la bougie rouge qu'elle avait allumée, regardant la flamme d'un œil vide, la prenant parfois entre ses doigts pour la renverser sur son bras inondé soudain d'un sang clair, figé en longs filets grumeleux.

Elle me demanda une cigarette, puis m'avoua qu'elle souffrait du ventre. J'allai chercher une serviette que je tordis sous l'eau bouillante. Elle la garda sur son ventre comme un pansement, en la protégeant de ses mains tandis que je m'habillais, enfilant mes chaussettes et ma chemise glacée.

Comment es-tu si fort ? murmura-t-elle.

Je n'en savais rien. J'avais encore envie d'elle, mais je n'osais pas le lui dire, à cause de son ventre.

Elle dit :

— Avant, tu me faisais peur. Maintenant, je n'ai plus peur, mais je crois, quand même, que je vais mourir.

— Pourquoi mourir ?

— Parce que je me vide, je me vide complètement. Je n'ai plus de force pour rien.

Nous sortîmes tard. Elle voulait que je boive, mais je refusai. Les gens nous regardaient avec respect, presque avec crainte. On avait l'air de s'aimer, de ne rien voir. Et c'est cela, sans doute, qui faisait peur.

Nous passâmes la soirée dans un café. Je lui pétrissais la main, les yeux fixés sur la porte, car les gens qui entraient jetaient un coup d'œil sur la salle, mais leurs yeux venaient toujours vers nous.

— Bois, dit-elle, j'ai envie que tu boives.

Je refusai une seconde fois. Nous quittâmes le café pour entrer dans un cinéma comble. Il n'y avait que deux places séparées. Je pris un strapontin. Mary se perdit dans les rangs de l'orchestre, guidée par la lampe sourde de l'ouvreuse. Deux hommes l'encadraient. Soudain je vis son casque de cheveux blonds entre deux crinières luisantes et noires, ses épaules molles entre deux épaules carrées. Elle se retourna. Mon cœur bondit puis se mit à battre, dans le demi-silence du film, à petits coups sourds et violents, inondant mon corps d'une pulsation régulière et insupportable. Je crus que Mary allait crier, se lever et courir comme une folle vers la sortie, en m'appelant. Sa tête s'était enfoncée entre les épaules des deux hommes. Peut-être, parce que les images du film portaient au plaisir, avais-je l'impression qu'elle glissait lentement de son siège, tirée imperceptiblement vers le bas par ses voisins dont les mains la paralysaient en l'empêchant de crier et de se défendre. Le film était stupide et vulgaire. Cependant, à cause de Mary, j'en suivais les images avec une certaine attention. Le déroulement de l'histoire devenait en effet, à travers les réactions imaginaires de Mary, un autre film dont elle, moi et ses deux voisins étions les héros.

Je me levai soudain, et remontai vers la sortie, non sans mal. Je surgis dans le hall baigné de néon, le corps en sueur.

En face du cinéma, il y avait une file de taxis arrêtés. J'eus envie de sauter dans l'un d'eux, de jeter mon adresse au chauffeur et de fuir.

Je m'arrêtai au milieu de la rue. Une voiture alluma ses phares pour me déloger. Je fis un bond en arrière qui provoqua des rires et des injures.

Mary ne m'avait pas rejoint. Elle resterait dans cette prison jusqu'à minuit. J'échouai dans un café où je bus deux cognacs coup sur coup.

Quand je sortis, le cinéma dégorgeait une foule hésitante qui se dispersa dans les ténèbres. Dissimulé entre les arbres de la place Saint-Sulpice, j'attendis. Les chauffeurs de taxis en stationnement devant moi m'observaient, mais leur indiscrétion ne me gênait pas, sachant que j'offrais un spectacle que personne ne pouvait comprendre.

Soudain, Mary apparut. Elle était seule. Visiblement inquiète, elle regarda de tous côtés. Soudain, — comment me vit-elle, car j'étais dans l'ombre et à moitié dissimulé par une voiture ? — elle traversa la rue en courant et se précipita vers moi.

— Où étais-tu ?

Je ne répondis pas. Elle me prit vigoureusement le bras et m'entraîna sous les arbres de la place.

— Rentrons, dit-elle, rentrons vite.

On ne parla plus.

Il pleuvait. Nous bûmes un whisky dans un bar, près de l'Odéon. Elle tenait la tête basse et fumait sans répit. Je me mis à parler du film auquel je n'avais rien compris et qu'elle prit la peine de m'expliquer avec beaucoup de soin et une gentillesse irritante. Puis elle se tut, bâilla et me proposa de rentrer.

Quand nous fûmes dans la rue, elle dit :

— Tu vas me battre, n'est-ce pas ?

— Pourquoi ?

— A cause du cinéma.

Je lui lâchai doucement le bras et marchai à côté d'elle. Nous longions le Luxembourg, à l'endroit où nous nous étions rencontrés la première fois. Ce fut comme si mes entrailles s'étaient vidées et que mon corps eût fondu, ne laissant que la surface sèche et lisse de ma peau et mes os, morceaux tordus de fil de fer, sur lesquels battaient mes vêtements. J'avais froid et je sentais le vent passer dans mon corps sans épaisseur. Je suais.

— Qu'est-ce qui s'est passé ?

Elle ne répondit pas, mais quand nous arrivâmes devant la fontaine Médicis, sa figure était couverte de larmes.

— Je n'ai pu rien empêcher, dit-elle... Je ne sais pas pourquoi.

On s'arrêta encore dans un café pour boire. Je remarquai qu'elle ne portait plus ses bas. Je lui demandai où ils étaient. Elle les sortit de la poche de son manteau et s'en servit comme d'un mouchoir pour s'essuyer le nez.

— Tu devrais me tuer, dit-elle.

— On ferait mieux de se séparer, dis-je.

— Je ne peux pas te quitter.

— Moi non plus.

— J'ai envie que tu me craches à la figure et que tu me méprises, murmura-t-elle.

Je bus une bière après un whisky, ce qui m'écœura. J'éprouvai un désir infini de propreté morale, de réveil matinal sans dégoût.

Je me mis à penser à la petite fontaine du potager de La Houdray où, enfant, je me baignais les pieds en hiver pour les voir rougir et avoir mal jusqu'à en crier de douleur. Je me vis devant elle, j'imaginai mon corps nu jusqu'à la ceinture, que j'inondais brutalement avec le plat de la main... Je m'agenouillais et je buvais, je buvais indéfiniment.

Mes mains grises, la cigarette que je tenais entre l'index et le pouce, la table souillée de cendres et de bière, tout cela me donnait une insupportable nausée. Seules, les mains de Mary, longues, intelligentes, ignobles, me rassuraient. Je les trouvais enfantines, pures et criminelles. J'avais envie de les baiser, de prendre ses doigts dans ma bouche, de les enfoncer jusqu'au fond de ma gorge et de l'absorber, elle, tout entière, lentement comme font les boas.

J'étais épuisé et je la désirais.

A côté de nous, des étudiants discutaient politique. Je les enviais et je les plaignais aussi. Dans leurs yeux attentifs et avides, se promenaient des idées si détachées de ce qui les entourait, de leur corps et de leur propre condition d'homme que je ne pus m'empêcher de leur lancer un regard de haine, bien que leur conversation ne fût pas dénuée d'intérêt. J'était partagé entre le désir de les engueuler et de participer à leurs débats. Parce que j'avais bu et que Mary était là, j'y aurais apporté une violence inhabituelle, provoquant des ricanements sévères et cette incrédulité méprisante qui a toujours eu le pouvoir de me faire bégayer en me poussant, dans la confusion soudaine où je me trouve, à sortir des platitudes avec gravité et une conviction coléreuse.

Mary s'inquiéta de mon mutisme. Je lui dis brutalement que je voulais parler et discuter.

— Pourquoi parler, dit-elle. Tu n'es pas un homme qui a des idées.

— Tu me trouves bête ?

— Non, tu n'as rien à dire. Tu as un pouvoir, un pouvoir bizarre sur les gens.

Elle avait posé les coudes sur la table et semblait accablée.

— Je ne comprends pas ce qui m'arrive, dit-elle.

Nous quittâmes le café pour remonter lentement la rue Soufflot. Je l'accompagnai jusqu'à l'appartement. Je reconnus l'odeur habituelle de pipe, mais ce soir-là c'était une odeur chaude.

— Il est là, dis-je.

— Qui ?

— L'ami de Judith.

— Je ne sais pas.

Elle haussa les épaules et s'assit sur le petit divan. Je passai dans la pièce voisine. Le lit était fait, mais un homme s'y était visiblement étendu. Je le devinai à l'odeur, au désordre masculin de la chambre. Il y avait, sur la table, un trousseau de clefs et un paquet de journaux enroulés.

— Il est venu, dis-je en revenant près de Mary.

— Je m'en moque, dit-elle.

— Il a laissé ses clefs...

Elle voulut s'en assurer elle-même et revint le visage un peu hébété, l'œil sournois et gris.

— Il vaut mieux qu'il ne te voie pas, dit-elle.

— Pourquoi ?

— Parce qu'on est chez lui.

— Tu vas dormir où ?

— Là, dit-elle en s'asseyant sur le divan... Pars, téléphone demain.

J'eus envie de la gifler et de l'entraîner dehors. Nous aurions couché dans un hôtel.

— Tu ne t'en vas pas ? dit-elle.

Je dis :

— Non..., je te hais.

Elle se leva lentement, écrasa sa cigarette et dit :

— Alors, reste. Moi, je m'en vais.

Soudain, elle se mit à pleurer en silence, sortit sur le palier et dégringola l'escalier en courant.

J'étais seul dans l'appartement, mais j'avais l'impression que l'amant de Judith était là, caché quelque part, dissimulé derrière les costumes de la garde-robe. L'odeur de pipe était devenue âcre. Elle me grattait la gorge. Je sentis que j'allais commencer à tousser. A cause de la bière qui me ballonnait l'estomac, des crampes douloureuses me tiraient les côtes à chaque inspiration. Je descendis l'escalier sans me presser, regardai de tous côtés dans la rue, puis me mis à courir au hasard en remontant vers la rue d'Ulm où je ne tardai pas à rejoindre Mary. Elle marchait vite. Lorsqu'elle m'entendit, elle ralentit, puis se plaqua contre le mur, effrayée.

— Où vas-tu ? dis-je essoufflé.

— Va-t'en, je ne veux plus te voir.

— Où vas-tu ?

— Je ne sais pas. C'est fini, fini.

Et soudain, elle reprit sa course, traversa la place. Contournant le Panthéon, elle se dirigea vers Saint-Etienne-du-Mont. Je la suivis sans peine, laissant entre nous une distance de quelques mètres, décidé à ne pas la quitter, sans savoir pourquoi je la suivais avec cet acharnement.

Elle s'arrêta sur les marches de l'église et m'attendit en me regardant venir.

Je ne veux plus te voir, dit-elle, tu n'as donc pas compris ?

— Je ne te quitterai pas.

— Tu me fais un mal horrible, tu me rends folle.

Elle recommença à pleurer.

Je m'assis sur une marche, à côté d'elle. Je lui demandai de venir plus près de moi, ce qu'elle fit. Je serrai sa tête contre la mienne. On nous aurait pris pour deux gosses, s'amusant à un jeu dont nous connaissions seuls les lois.

— Qu'est-ce que tu veux ? balbutia-t-elle.

— Ne me quitte pas, ne me quitte pas, dis-je.

Je lui baisai les joues en lui parlant très doucement, d'une voix implorante.

— ... Je deviens folle... Je ne sais pas ce que j'ai...

Elle se familiarisait à nouveau avec mon visage et m'embrassait en sanglotant.

Je l'aidai à se lever. La place était déserte. Il faisait presque tiède. C'était le début du printemps. Je crus entendre des oiseaux siffler dans la nuit. Et cependant, il n'y avait que le bruit de nos pas sur le macadam.

Je lui dis tout bas que nous serions heureux un jour, que tout ce drame finirait. Je ne savais pas de quel bonheur et de quel drame je voulais parler. Je ne savais pas ce que signifiait le bonheur, ni quel drame nous vivions, ni si je l'avais attirée dans le mien, ou si c'était elle qui m'enchaînait au sien, ou si nous avions chacun le nôtre, ce qui aurait expliqué pourquoi nous ne pouvions être heureux ensemble. La pauvreté de mon vocabulaire me torturait, car je savais bien que ce n'était pas le mot « drame » qui convenait à notre histoire. J'aurais voulu qu'elle inventât un mot pour résumer et tout expliquer. Mais elle se contenta de dire faiblement : « Cela ne finira jamais. Nous ne pourrons jamais être bien. »

Je savais qu'elle avait raison, sans pouvoir l'expliquer.

Pourquoi cet insatiable besoin d'être ensemble pour passer notre temps à nous battre et nous embrasser ?

— Téléphone, dit-elle, quand je fus devant sa porte... N'oublie pas, je t'en supplie, n'oublie pas.

Nous étions dans l'obscurité. Le tintement de

son trousseau de clefs résonnait dans l'escalier humide dont l'odeur d'urine évoquait un préau de collège. Immobile, lui tenant mollement les hanches, je ne pouvais me décider à la lâcher ni à l'étreindre.

Sous la porte, il n'y avait pas de lumière mais on entendait le sifflement sourd du radiateur à gaz. Je ne me souvenais pas si nous l'avions laissé allumé en sortant. Sans que rien ne la décelât, je sentais une présence. C'était plutôt un malaise entre Mary et moi, un malaise qui avait une forme indéfinissable et occupait un espace déterminé derrière la porte dont il gênait l'entrée comme un paquet de linge. J'aurais voulu m'assurer que ce n'était qu'un objet matériel inhabituel, une malle ou des draps pour le blanchisseur. Mais Mary ne le désirait pas bien que cette présence, elle aussi, la gênât ; car elle faisait exprès d'agiter ses clefs pour annoncer que nous étions là.

— Va te coucher, dit-elle à voix basse. Tu es mort de fatigue.

— Tu ne me vois pas.

— Je te sens, tu es moite.

Elle me prit les mains et les embrassa. Je sentis ses joues froides, l'humidité de sa bouche.

J'aurais pu rester ainsi debout toute la nuit. Et cependant le battement d'une fenêtre claquant un peu fort eût suffi à me foudroyer. Le moindre bruit m'alertait, me terrifiait. Je n'étais rassuré que si je pouvais immédiatement l'identifier et le localiser. Les pas de la rue retenaient particulièrement mon attention ainsi que le déclenchement sec et souvent inexplicable de la minuterie qui n'allumait d'ailleurs que la lampe du rez-de-chaussée pour plonger la cage de l'escalier dans une lueur terreuse, surprenant nos corps pétrifiés. Les gens qui montaient ne nous regardaient pas, par pudeur. Mais s'ils entendaient le tintement du trousseau de Mary, alors ils nous dévisageaient avec méfiance, et visiblement, hésitaient à nous interroger pour savoir ce que nous faisions là. Car nous ne disions rien.

Je crus entendre une heure, puis deux heures, sans qu'aucun de nous prononçât un mot, nous tenant les mains, chacun occupé à respirer la présence de l'autre, à l'explorer. Une simple caresse de la paume de Mary occupait, tout à coup, dans ma vie un espace immense, ramenant aux limites de l'enfance tout le passé d'adulte dont j'avais cru jouir ou souffrir. Mary s'étendait sur toute ma vie. C'est pourquoi le temps n'était plus qu'une horloge absurde tournant à une vitesse folle pour fixer la digestion et l'hygiène des autres.

Aussi, quand elle me dit : « Va-t'en, va-t'en vite », cela aurait pu se passer un an plus tôt ou un an plus tard.

Le déroulement chronologique de nos relations ne signifiait rien. Les événements qui les peuplaient avaient un ordre hasardeux sans relation avec le passé immédiat, ne déterminant rien pour l'avenir. Ils auraient pu aussi bien se superposer ou se dérouler en sens inverse, ou bien se répéter plusieurs fois de façon absolument identique, sans que nous ayons jamais le sentiment du désordre ou d'un inutile et fastidieux recommencement.

Ce qui nous épuisait, c'était l'organisation méthodique du monde autour de nous. Elle nous paraissait absurde, dressait des barrages et nous forçait à emprunter des voies détournées ou à marcher à contre-courant. D'où, cette sensation de vertige lorsque nous nous arrêtions pour regarder cet univers fixe, réglé par la morale des heures et de la bonne conduite, à laquelle nous ne pouvions échapper complètement puisque nous n'étions pas fous.

C'est pourquoi les seuls points de repère de ma mémoire, pour fixer dans le temps notre histoire, forment des taches de lumière lugubres provoquées par l'expulsion brutale de tout mon être hors de l'univers clos où je vivais avec Mary. Le reste est noyé dans une nuit uniforme dont je ne puis rien décomposer et où se répètent rendez-vous dans les bars, promenades au soleil ou sous la pluie, chaleur et froid, tendresse et cruauté, honte et fierté, le tout ponctué d'appels téléphoniques cristallisant, dans mon esprit, l'angoisse qui n'a cessé de m'habiter.

« Téléphone-moi, n'oublie pas. » La plainte se répète indéfiniment pendant des mois, des nuits aussi, avec le plaisir, le retour à l'aube dans la ville où les feux jaunes clignotants me font signe de passer vite, où le fleuve avance seul au milieu des quartiers vides, où le vent court, glacial, égaré. Et cependant, ce n'est qu'une seule plainte, une seule nuit, un seul plaisir, un seul retour aussi, avec, au fond de mon sommeil, dans le grand jour des rideaux tirés, la voix de mes enfants qui chuchotent, bavardent et m'appellent avec des cris déchirants.

Cela n'est arrivé qu'une seule fois, une seule fois frappée de mille coups comme un minuit qui n'en finit pas.

CHAPITRE XVII

Ce soir, devant la station de métro où je m'engouffre après six heures, j'ai vu Claire. Elle achetait le journal et, parce qu'il pleuvait, s'abritait sous la bâche du marchand. Je lui ai pris le bras.

— Tu me reconnais ?

La brutalité et la sottise de ma question ne l'étonnèrent pas. Comment aurais-je changé ? Elle me connaît par cœur et m'identifierait sous un masque.

Elle ne s'est pas fait prier pour m'accompagner dans une brasserie, proche de la gare Saint-Lazare. Tout en buvant, nous avons parlé des enfants. J'aurais aimé lui poser des questions sur sa vie, mais elle n'y tenait pas. Sa désinvolture m'a blessé. Cherchait-elle à feindre pour me dérouter ? Quant à moi, mon veston usé et l'aspect délabré de ma physionomie, qu'accentue la fatigue de la journée, ne permettaient aucun doute : j'étais malheureux. J'eus envie de le lui avouer, de m'humilier une dernière fois devant elle, car je savais qu'elle était capable d'en tirer encore du plaisir. Et ce plaisir qu'aurait-il signifié, sinon un attachement indéfinissable, une parole d'amour endormie ?

— Tu ne vas pas rater ton car ? dit-elle.

Je regardai ma montre au lieu de hausser les épaules avec indifférence, ce que j'aurais fait volontiers pour lui montrer que je ne perdais pas mon temps avec elle. Mais peut-être perdait-elle le sien avec moi, en me le cachant.

Nous nous séparâmes devant la bouche du métro où nous nous étions retrouvés. Le trajet de retour me parut plus long que les autres jours. C'est pour cette raison que j'interromps, ce soir, mon récit.

*

Tout à coup, ce fut la chaleur. J'étouffais. Ma sueur sentait l'adolescence, l'arbre, le muguet fané. Je m'arrêtais pour respirer l'herbe touffue des gazons, l'air glacé des portes cochères. Les garçons de vingt ans passaient des examens. Et moi, j'avais la puissance.

Mary me retrouvait dans les jardins, près des kiosques, sous les arbres taillés des Tuileries, près des manèges.

Les cafés regorgeaient de monde. Je buvais, la veste sur mes genoux, le col ouvert comme un enfant.

Oui, la chaleur nous avait surpris. Les longues nuits, les grands froids de l'hiver ressemblaient à d'abominables histoires pour faire peur que nous nous efforcions d'oublier.

Mary retira ses bas, changea de coiffure et porta des robes de campagne. Je marchais allégrement, chaussé d'espadrilles. Je n'avais plus peur de vieillir. Les filles me regardaient. Et moi, je ne regardais que Mary. La nuit commençait tard. Nous ne dormions plus. Mary était inquiète et lasse, mais moi je dévorais en riant ces nuits sans sommeil que nous achevions quelquefois à La Houdray où nous venions au petit matin nous reposer dans les herbes.

En plein soleil, au milieu des couleurs de l'été, j'agitais ma silhouette épuisée, mon masque raidi sous la peau rose, mon regard d'acier sous le rire enfantin, mon absence d'amour sous les gestes de tendresse, mon impuissance sous la force virile.

J'ai, de ce temps-là, un souvenir de peur. Un grincement inquiétant accompagnait mon rire et mes mouvements. L'homme que je suis aujourd'hui, le même homme était là, se dressant derrière mes épaules, pour regarder ma jeunesse qui hurlait et se débattait. Une ombre pesait sur ma carcasse, passait habilement de grands bras sous les miens, les relevait sur la nuque où elle joignait les mains pour raidir lentement son étreinte et me forcer à baisser la tête...

Dès que j'étais seul ou silencieux, l'étreinte se faisait plus précise, presque douloureuse, de telle sorte que j'avais parfois envie de me laisser tomber sur le ventre, de ne plus lutter. Car c'était devenu un combat de tous les instants, sourd mais permanent, épuisant. Si la pression progressive de cette force m'échappait, c'est parce que je m'y étais habitué. Je la supportais avec endurance, peut-être pour la seule raison qu'elle ne présentait aucun symptôme d'une maladie physique. Elle aiguisait ma volonté de jouissance dans la mesure où elle la menaçait.

Cette présence écrasante, ce n'était, bien sûr, que ma carcasse d'homme, cette grande barque que l'ennui pousse vers un horizon vide.

J'ai dans l'esprit l'image biblique de cette barque qu'à marée basse un pêcheur nu et herculéen remonte sur son dos vers la grève. On ne voit que ses jambes torses, ses bras écartés et puissants crispés sur l'étrave. Quand il pose son fardeau, il paraît tout petit, maigre, les cheveux ébouriffés et roux, l'œil rieur et stupide, tandis que la barque, par contraste, noyée dans le sable, ressemble à une énorme galère détruite, une large coquille de bois sec, offerte au soleil comme une gueule. Le pêcheur s'éloigne ; il siffle. Il y a quelque chose d'odieux et de risible dans son comportement. Il allume un mégot, regarde la mer avec dédain, disparaît derrière la jetée et pousse un cri, un cri strident d'enfant terrifié. Il pleut. La mer monte mais n'atteint jamais le sable.

J'ai fait souvent ce rêve. Une volonté humaine habitait l'embarcation qui tentait vainement de glisser jusqu'à l'eau. Privée de bras, elle roulait furieusement son ventre sur le sable, mais tombait de côté, impuissante à se redresser. Je me réveillais, sur le flanc, le bras mort, écrasé sous mon buste.

Cela m'est arrivé cette nuit encore. Je me suis levé pour que la circulation revienne dans mon membre engourdi. Le jour se levait, traversé par le sifflement liquide d'un merle. J'éteignis ma lampe, et tout se tut assez longtemps. Le merle reprit son chant qu'accompagnèrent aussitôt de multiples craquements de branches et d'ailes. L'aube pénétrait dans la nuit et la brisait lentement comme un morceau de verre, libérant une buée et des bruits fiévreux.

Le jour est venu trop vite, pâle comme le vice et assourdissant. Et soudain, l'été s'est mis à battre. Je me suis levé et j'ai regardé dehors.

Les herbes sont hautes et mangent les allées qui ne sont plus que des sillons. Des nuées d'étourneaux gonflent les cerisiers chargés de fruits. Les bruits du village ressemblent à des chants et des cris. L'odeur commune des foins produit sur moi l'effet d'une musique de foire. Comme la barque de mon rêve, je voudrais avancer, pénétrer ce mois de mai, le baigner de ma proue et le féconder. Mais l'été est vide, le jardin inhabité, la maison morte, la grille close. Cette vie qui gronde d'un bout à l'autre du parc et jusqu'à l'horizon dont je devine la ligne jaune des colzas, éveille des souvenirs mais ne m'inspire plus.

Mes enfants, aux vacances, construiront dans le même décor, leur enfance. Ils y prendront ce que je n'ai pas vu. Ils y laisseront ce qui m'a nourri. Et, plus tard, cet endroit leur inspirera les souvenirs d'un monde que je ne connais pas. Ainsi, disparaîtra avec moi un univers qui ne vivait que pour moi seul dont la vie reste unique, dans un décor et parmi des êtres uniques, venus au monde pour moi, instruments de plaisir et de douleur, de honte comme de fierté, et dont la rencontre a fait mon destin, créant ainsi entre nous et tout au long de notre existence la solidarité d'un bagne de passions où chacun se sépare et disparaît marqué du même chiffre.

Cela m'apaise. J'aborde ce printemps comme un livre d'images mille fois parcouru. A la longue, mes songes se sont inscrits sur les pages. D'où cette impression que l'essentiel de moi-même ne vit plus, mais regarde ce qui a vécu.

Je suis sorti pour suivre l'allée jusqu'au tilleul dont le parfum, parce que sa floraison coïncide avec la fête du pays, a une odeur de nougats et de pétards brûlants dont l'éclatement secouait mes soirées d'enfant gâté, comme un pressentiment de cruauté et de mort.

J'ai traversé la prairie. Près d'un buisson d'aubépines, j'ai cherché l'endroit où je venais m'étendre avec Mary lorsque nous quittions Paris à l'aube, assoiffés d'air. J'ai marché de long en large, foulant et piétinant l'herbe pour reconnaître la place précise où elle se couchait, à demi retournée sur moi dont les yeux bleuis de fatigue regardaient le ciel, les nuages gonflés de neige et d'histoires.

L'intense verdure des arbres et le fourmillement de la terre, ce parfum suffocant des herbes, dévoraient mon corps comme des millions d'insectes. Contre moi, Mary gardait une saine odeur de femme. Rien ne pouvait souiller son corps. Nous aimions aussi rouler en voiture toute la nuit, pour venir au petit matin surprendre le jardin endormi que nous traversions comme des voleurs. Nous entrions par le fond du parc en escaladant la clôture et tracions notre chemin à travers les buissons. Ainsi avais-je la sensation de me surprendre moi-même, de me dédoubler, d'être là, absent et autre, et simultanément de pénétrer dans une zone interdite de ma vie.

*

Un soir, nous nous sommes assis à la terrasse d'un café. La foule de minuit, qui sort d'on ne sait où, encombrait le trottoir, se cognant aux chaises. Le ciel était plein d'étoiles qui formaient une allée lumineuse entre les toits.

Soudain, Mary me demanda de l'emmener quelque part, n'importe où, pourvu qu'il nous arrivât quelque chose d'extravagant. Elle évitait de me regarder, subissant avec un plaisir honteux la curiosité des hommes qui passaient dans la rue. Elle avait relevé sa robe au-dessus du genou et jouait, du bout de l'index, avec sa rotule. Elle voulait que les hommes regardent ses jambes. Le désir des hommes lui était nécessaire parce que j'étais là et qu'il multipliait le mien, en le troublant d'un malaise où la jalousie intervenait comme source de corruption dont la menace enrichissait son plaisir.

Elle me demanda ce que j'avais décidé. Je ne répondis pas et me levai. Elle me suivit. On marcha côte à côte en descendant la rue Bonaparte. Elle n'essaya pas de prendre mon bras. J'avais envie de marcher pour la fatiguer, pour qu'elle se plaignît, m'injuriât et refusât d'avancer. Mais elle ne disait rien et s'arrêtait quand je paraissais hésiter au coin d'une rue. Alors elle me regardait, croyant que j'avais un plan ou une idée. Nous avions traversé plusieurs fois la

Seine. Paris s'était vidé, éteint, endormi. De rares voitures passaient comme des boules de feu le long des quais. Le fleuve ressemblait à un grand fossé. Notre-Dame était un pan de mur en ruine entouré d'une brume de soufre. Je ne reconnaissais plus les rues. Elles étaient étroites et malodorantes. Elles portaient des noms bien français, des noms que je n'avais jamais entendus. Quelquefois, nous rencontrions un escalier de pierre, un groupe de poubelles débordant d'ordures, une voiture de police sous le réverbère bleu d'un commissariat silencieux, un arbre avec des feuilles énormes et fraîches au milieu d'une place. Les rues montaient, s'enchevêtraient les unes dans les autres. Nous marchions au milieu de la chaussée car les trottoirs étaient encombrés de charrettes vides, de caisses brisées, de paille fraîche.

Devant nous, le ciel devint soudain livide. Je pus vérifier bientôt que c'était l'enseigne au néon d'un petit cabaret. A travers la porte ouverte on voyait des Noirs en train de danser. Du fond de la salle montait une lumière bleue et verte comme un feu de Bengale sur lequel se détachait l'ombre sautillante des danseurs. Il y avait d'autres Noirs devant la porte. Ils nous parlèrent d'une voix douce, presque suave, mais je ne compris pas leur langage. Ils s'effacèrent cependant pour nous laisser entrer. Mary avait pris ma main. Je la guidai jusqu'au fond de la salle. Les danseurs s'écartèrent poliment. Un garçon prévenu de notre arrivée, nous désigna du doigt un coin où il y avait une place. Mary s'assit sur la banquette de bois, entre deux types.

Moi, je m'installai en face d'elle sur un tabouret. On nous servit aussitôt une bière presque tiède dans d'énormes verres que je n'avais jamais vus nulle part. L'homme qui était assis à côté de Mary nous offrit des cigarettes. La plupart des femmes étaient noires. On les reconnaissait au son nasillard et guttural de leurs rires. Les femmes, seules, riaient. Les hommes, tout en gesticulant avec beaucoup d'application, avaient plutôt l'air de s'ennuyer. Ils regardaient les cheveux blonds de Mary avec émerveillement. Si nous avions voulu sortir, cela aurait certainement produit le plus mauvais effet. Je n'en avais d'ailleurs pas envie. Sans me sentir à l'aise, je savais que notre nuit finirait là. Si l'un de ces hommes s'était brusquement jeté sur moi, j'aurais peut-être essayé de m'abriter sous la table, mais sans chercher davantage à me défendre.

Le garçon nous ordonna grossièrement de changer de place sans nous en donner la raison, mais je ne songeai pas à protester, car il donna le même conseil, et sur le même ton, à tous ceux qui occupaient la banquette. On nous fit donc lever pour nous pousser en groupe vers la lumière bleue et verte qui était une petite plate-forme transparente où une femme, presque nue, évoluait sans grâce tandis que le public l'accompagnait en claquant des mains. On nous fit signe de nous accroupir pour ne pas gêner les autres spectateurs. Je me mis à genoux près de Mary qui trouva plus commode de s'asseoir sur le parquet. Toute la salle avait fait comme nous, c'est-à-dire que les gens se tenaient assis ou couchés par terre. Une Noire assez élégante avait l'air de dormir, la tête posée sur les cuisses d'un homme dont on ne voyait que les chaussettes blanches roulées sur ses chevilles qui ressemblaient à des béquilles. Mary s'était appuyée sur le coude comme si nous étions en train de pique-niquer dans un champ. Elle regardait la danseuse d'un air distrait de femme saoule, ce qui m'apprit que nous devions être ivres l'un et l'autre depuis déjà un certain temps. Je n'avais d'ailleurs pas cessé de boire de la bière chaude qui me gonflait l'estomac et me coupait la respiration. C'est pourquoi j'imitai Mary et m'accoudai sur le plancher. A cause de la fatigue ou de l'ennui, je fermai les yeux, écoutant distraitement une femme qui parlait à un homme dont le timbre de voix cassant me gênait. Soudain mon nom fut prononcé. Je reconnus la voix de Mary, accompagnée d'un rire masculin chaleureux et plutôt sympathique.

— Qu'y a-t-il ? demandai-je, le visage dégoulinant de sueur sans oser me retourner, de peur de vomir.

L'homme se mit à rire un peu plus fort. Je l'entendis qui disait à Mary :

— Il ne me reconnaît pas.

En même temps, je sentis une main osseuse et ferme se poser sur mon épaule. Du coup, je fis l'effort nécessaire pour me redresser. L'homme était assis à l'indienne. Il portait des souliers vernis dont la pointe pénétrait la robe de Mary à l'endroit des reins. L'homme était chauve, d'une pâleur de papier à lettres. Son costume me parut noir, étriqué et crasseux. Il me rappela brièvement, avec le plus grand sérieux, qu'il m'avait rencontré souvent dans le train du Havre. Je n'avais de lui aucun souvenir, mais son visage, il est vrai, ne m'était pas absolument étranger. Il me demanda des nouvelles de mes enfants, s'étonna de la jeunesse de Mary qu'il feignit de prendre pour ma femme.

— Que devenez-vous ? lui demandai-je en faisant un énorme effort.

Il m'offrit aussitôt des cigarettes, se mit à rire, mais ne répondit pas.

Le public s'était tassé autour de nous et regardait la danseuse. L'homme se pencha vers Mary, lui chuchota quelques mots qu'elle me rapporta aussitôt avec un regard vague et malheureux, tout en posant les deux mains sur mon avant-bras comme pour s'y cramponner.

— Il propose qu'on aille s'asseoir au fond.

Où pouvait bien se trouver le fond de la salle ? On se leva tous les trois, avec beaucoup de précautions, pour nous réfugier dans un coin du cabaret mal éclairé. Mary s'assit entre nous deux.

Le garçon qui nous avait donné, un peu plus tôt, l'ordre saugrenu de quitter nos places, poussa vers nous une table souillée de mégots et de bière. Mary m'avait pris la main. Elle écoutait son voisin qui lui parlait à mi-voix avec animation. Mary hochait la tête et disait : « Non, non, je ne crois pas. »

Le spectacle était fini. Les Noirs se mirent à danser. Quelques-uns sortirent pour prendre l'air ou disparurent tout à fait. Ils laissèrent la porte ouverte derrière eux, mais quelqu'un d'invisible la referma avec fracas. J'eus le temps de respirer la fraîcheur du petit jour et d'apercevoir, de l'autre côté de la rue, la devanture d'un cordonnier où un ouvrier, en face d'un énorme tas de chaussures, travaillait à la lumière d'une ampoule sans abat-jour. Il ne leva pas la tête, comme si ce qui se passait en face de chez lui n'existait pas. Je vis aussi des poubelles et de la paille, beaucoup de paille répandue sur les pavés qui étaient énormes et inégaux.

Mary m'avait lâché la main. Tournée vers son voisin, à demi affaissée contre le dossier de la banquette, elle répétait :

— Non, non, vraiment... Non, ce n'est pas vrai... je vous jure.

Lui, il souriait et roulait des yeux grotesques sans cesser de parler. Quand je le regardais, il se taisait et prenait la main de Mary comme s'il voulait y lire son avenir.

Soudain, elle le repoussa violemment et voulut se lever, mais la table était si lourde qu'elle retomba assise.

— Je ne veux plus, je ne veux plus, balbutia-t-elle. Je vous en supplie tous, laissez-moi partir.

— Vous êtes tout à fait ridicule, vraiment ridicule, lui dit son voisin d'une voix dure, mais avec une extrême politesse.

— C'est vrai, dis-je à mon tour, tu es ridicule, Mary.

Cela me grisait de l'injurier en me faisant le complice de cet homme qui n'avait pas bu et nous dominait de sa stupide et incompréhensible méchanceté.

— Que faut-il que je fasse ? Dis-le-moi ? balbutia Mary.

Le public ne faisait pas attention à nous. Nous devions parler très bas...

Ce qui subsiste de cette soirée, c'est un sentiment d'indifférence absolue, comme si nos actes, nos paroles ne répondaient à aucun besoin et n'étaient que le résultat mécanique et absurde de notre présence dans ce cabaret minuscule dont, tout à coup, je réalisais les dimensions, le décor et la forme. Depuis notre arrivée, bien que frappé par des détails insignifiants, je n'avais rien regardé à l'entour. Enfin l'odeur de la salle, odeur de sueur, de bière chaude et d'urine ne m'avait pas gêné outre mesure. Par contre, les réactions de Mary au contact de ce milieu, je m'étais efforcé de les suivre et de les interpréter, d'enregistrer sur son visage tous les symptômes du dégoût. L'intervention de mon ancien compagnon de train avait dérangé ce bain de malaise. Tout à coup, cet homme pâle et chauve avait brandi devant nous une menace fascinante. Je m'étais alors mis à boire en évitant de regarder Mary, pour étouffer la peur qui m'avait saisi.

Lorsque je pris le bras de Mary pour l'aider à sortir du banc, je fus donc très étonné de constater qu'elle y réussissait sans effort. Je fus encore plus soulagé de l'indifférence de notre compagnon qui fumait avec dignité et raideur, sans nous regarder. Je crois bien qu'il ne restait que lui dans la salle. Il se tenait assis, le buste droit et, malgré l'étrange distinction de son profil, ressemblait à ces rats d'église qui s'isolent près des confessionnaux pour écouter.

Mary s'arrêta au bord du trottoir en se cramponnant à moi.

— Que va-t-il faire maintenant ? me dit-elle angoissée. Pourquoi reste-t-il seul ? Il faut qu'il vienne.

Elle promenait la main sur sa cuisse en grimaçant. Je vis que sa jupe était entaillée, plutôt déchirée à hauteur de la hanche. Un peu de sang coulait sur sa main. Le jour se levait. J'entendis un merle siffler. Nous descendîmes la rue en longeant le mur. Je lui demandai plusieurs fois de s'arrêter pour me montrer ce qu'elle avait, mais elle s'y refusa obstinément, répétant d'un air stupide :

— Il faut qu'il vienne, il faut qu'il vienne, je le veux.

A la longue, cela m'énerva et je la menaçai de la gifler.

— C'est cela, dit-elle hébétée. Gifle-moi, frappe-moi, tue-moi. Il fallait me tuer depuis longtemps...

*

Tout à coup, je me retrouve dans la nuit comme si nous étions en hiver dans une avenue assez large, vers minuit. Devant une charcuterie fermée dont on devine l'étalage écœurant, stationne ma voiture que je reconnais aussitôt. Mary s'assied à côté de moi et baisse la vitre pour essayer de vomir. Elle fait de bruyants et vains efforts ; et je démarre. La nuit se dissipe. Le jour se lève.

Il est cinq heures. J'ai des renvois de bière qui

se dispersent dans l'air frais. La voiture file, presque sans bruit. Avec son mouchoir plein de sang, Mary essuie le pare-brise embué. J'allume les phares pour trouer le petit jour. Les rues sont désertes. Je ne sais plus ce qui s'est passé entre l'instant où Mary m'a dit de la tuer et celui où nous avons retrouvé l'auto. Je ne me souviens pas de l'avoir frappée.

Nous quittons les boulevards extérieurs et traversons la banlieue. Elle met une cigarette dans ma bouche, l'allume et dit :

— Il y a encore des étoiles.

C'est l'odeur des champs. Elle me pénètre sans me laver. Il y a quelque chose en moi qui est dur comme de la pierre, une huître pourrie qui s'est refermée. Mais elle est là, elle me gêne. Elle ne pèse pas lourd, elle ne tient pas de place, elle a l'air d'un caillou inoffensif, mais elle m'étouffe.

L'aube, devant moi, s'étale sur la vitre comme un énorme baiser. Le jour monte avec indifférence. La route traverse la plaine. A l'horizon, derrière les bois, une ligne d'or éclaircit le ciel.

Mary sommeille. Nous traversons La Houdray. J'aperçois les arbres du jardin, les volets fermés de ma maison, des bouquets de lilas débordant du mur comme des têtes d'enfants à peine éveillés. Je m'arrête au-delà du village, près d'une carrière de sable où j'ai joué autrefois. Un chien aboie, mais les coqs ne chantent déjà plus. Des pies, nichées dans les poiriers, remuent et jacassent timidement, mais ne s'envolent pas.

Je prends la tête de Mary dans mes mains pour qu'elle s'éveille. Je lui caresse les joues, je les embrasse.

— Que fait-on ? dit-elle engourdie.

Je ne réponds pas, et nous descendons dans le trèfle. Nous suivons la pente de la colline, nous pénétrons dans les fougères, puis dans le bois. Je marche vite, mais je lui demande soudain de passer devant moi.

— Où faut-il aller ? demande-t-elle.

— N'importe où, droit devant toi.

Il fait presque froid. Je ne tremble pas parce que je marche. Mais si je m'arrêtais, je frissonnerais. Comme des animaux, nous traversons les sentiers sans nous arrêter, de peur d'être vus. Mary s'immobilise tout à coup. Il n'y a plus de fougères, mais des chênes clairsemés. La terre est légère, noire. Un peu plus loin, dans un creux, il doit y avoir une mare, du bois pourri, des taillis, car je sens une odeur de vase. Entre les arbres, je distingue un champ vert où broutent des chevaux.

Tout est paisible. Ma tête bourdonne. Je presse mes deux mains sur les yeux. J'entends un coucou, puis un autre. Soudain, le bois est plein de ces oiseaux dont le chant annonce le jour et le néant. Mary se penche pour retirer ses chaussures. Ses longs cheveux retombent devant elle, découvrant sa nuque pâle.

— Je ne suis plus saoule, dit-elle en se redressant. Je ne veux pas.

Mais elle se met quand même à genoux sans que je lui dise rien. Elle tient son mouchoir plein de sang dans ses mains posées entre ses cuisses. Je cherche des yeux l'endroit où sa robe est déchirée, mais je ne le vois pas. Je regarde autour de moi. Il n'y a que les chevaux qui broutent. Le ciel s'est couvert. Il n'y aura pas de soleil. Je crois même entendre la pluie.

Mary pleure doucement. Elle s'essuie le nez avec son mouchoir et me supplie. Elle m'explique que ce n'est pas sa faute, « que c'est à cause de moi ». Je me mets à genoux devant elle. Je ne sais pas ce que je vais faire... Mais elle se lève brusquement, bondit en arrière, pousse un cri et se met à courir, pieds nus, dans la direction des champs. Je ne bouge pas. Je la regarde jusqu'à ce qu'elle soit très loin et disparaisse au milieu des fourrés. Je ramasse ses souliers, et je me lève. Je marche sans me presser dans sa direction. Elle s'est arrêtée en lisière du bois devant les fils de fer barbelés. Elle a dérangé les chevaux qui s'éloignent au trot. L'un d'eux est tout blanc. Je le suis des yeux. Il atteint le haut de la colline et s'évanouit. Les autres chevaux, noirs, se sont arrêtés et broutent.

Quand elle me voit, Mary s'éloigne lentement en longeant la clôture que j'escalade pour remonter, tout droit, à travers le champ dans la direction du cheval blanc que je ne vois plus. Lorsque j'arrive au sommet du mamelon, je découvre le clocher de La Houdray, les arbres du parc. Mary a rejoint la route et marche, la tête basse, dans la direction du village. Elle m'aperçoit et s'arrête près d'un vieux poirier d'où s'envole une poignée de grives. Quelques gouttes de pluie tombent. Je me tourne vers la brise qui s'est levée. J'étouffe, mais je sens l'odeur des bois. Je ne peux plus avancer. Mes jambes tremblent et mon cœur claque à coups précipités. Je jette les souliers de Mary devant moi dans le blé haut. Mary se détache du poirier et fait quelques pas. Elle avance difficilement et se tient le côté. A reculons, je marche dans la direction du bois, puis je m'arrête. Alors, je crie de toutes mes forces : « Mary. » Je répète mon cri. Quand je me tais, je n'entends rien. La brise emporte ma voix et l'étouffe. Mary continue son chemin. Je me mets à courir comme un fou, mais la distance qui nous sépare est énorme. Mon cœur fait un bruit terrible. Mary s'arrête cependant avant d'aborder l'angle d'un talus.

Je lève un bras vers elle ; et je tombe.

CHAPITRE XVIII

Nuit claire. Le car était bondé, étouffant. Mais les étoiles, dans le ciel, que je fixais avec la curiosité d'un enfant, me séparaient du monde, de ma propre honte, de cette odeur de sueur, de toute cette horrible résignation qui pèse sur cet univers vertueux qui m'entoure et, qu'au fond de moi, je méprise. Désir de fuir, de m'enfoncer dans une allée d'arbres gigantesques, seul, ayant oublié la connaissance du bien et du mal, marchant comme un homme qui n'aurait jamais rencontré son semblable.

Mais je suis là, devant cette nuit calme qui n'aurait pas de sens si les autres ne m'avaient meurtri.

Je crois me souvenir du frémissement des épis de blé vert contre les jambes de Mary. Et puis, ce qui se passa est indistinct. Elle me soutenait. Je balbutiais : « Pardon, pardon » ; et je voyais ses pieds sales couverts de petites herbes.

Je suis resté assis assez longtemps sur un tas de cailloux en attendant qu'elle revienne avec la voiture. Je pleurais en secouant les épaules et poussais d'énormes soupirs. De l'autre côté de la route, les pies donnaient des coups de bec dans des pommes vertes.

Quand la voiture fut là, Mary me donna une cigarette et prit le volant. Je crois bien que je m'endormis pendant le voyage. Je refusai de rentrer à la maison et lui demandai de me conduire chez elle.

Elle voulut que je dorme dans son lit. Je m'étendis sur les couvertures. Elle ferma les volets, me donna des cigarettes dont je n'avais pas envie et m'apporta une carafe d'eau... Il était peut-être midi. Il pleuvait. Les gens dans la rue ne parlaient pas, mais on les entendait trotter à toute vitesse. Je demandai à Mary si elle pouvait rester près de moi, mais elle me fit, de la tête, un signe négatif. J'étais beaucoup trop fatigué pour lui poser des questions et chercher à comprendre pourquoi elle sortait et où elle allait.

— Je reviendrai tout à l'heure, dit-elle. Ne t'inquiète pas. Dors.

Elle posa la main sur mon front. Je lui saisis le poignet pour le caresser. Elle se laissa faire, puis se mit à genoux près du lit et m'embrassa longuement sur la bouche.

Je l'entendis qui se lavait. Ce fut assez long, et je crois bien qu'elle changea de robe et se coiffa très longtemps. Plongé dans une vague torpeur, je ne savais plus si les bruits que j'entendais provenaient de la rue ou de l'appartement, de sorte que j'ignorais si Mary était là ou si je me trouvais tout à fait seul.

Très longtemps après, plusieurs heures peut-être, la porte d'entrée claqua et je compris qu'elle venait seulement de sortir. Puis, je me souvins qu'elle avait parlé toute seule, ce qui sur le moment ne m'avait pas étonné. Mais à présent, cela m'intriguait. Je n'eus pas la force de me lever pour voir l'heure, et je m'endormis.

Quand je m'éveillai, j'eus l'intuition qu'un événement important était arrivé pendant mon sommeil ou allait survenir avant la fin du jour. Je me contentai cependant d'ouvrir les yeux, de regarder les rideaux et d'écouter les pas mornes des passants.

Il faisait encore jour. La lumière qui filtrait à travers les persiennes était une lumière de dimanche soir en été, une lumière usée, dure comme l'acier. Elle avait dévoré pendant des heures les grandes avenues vides et les squares bondés. Et maintenant, elle était là, figure de Pierrot, collée sur les volets noirs de suie.

Je regardai les tableaux, les meubles, la penderie gonflée de vêtements d'homme, les cigarettes. Tout cela me parut mort et inutile comme si j'étais un pharaon qui s'éveillait dans son tombeau, découvrant autour de lui des objets de sa vie lointaine et figée. L'absence de Mary pesait sur le silence comme si elle était devenue une statue dissimulée dans un coin de l'appartement. Tout ce que j'avais connu d'elle formait une masse froide et invisible. Ce qui s'était passé pendant mon sommeil, je ne le savais pas, mais les bruits calmes du crépuscule, je les trouvais mornes, en particulier ce tintement d'assiettes venant d'un restaurant voisin où des gens, parce que c'était l'heure du dîner, mangeaient. Le pas des promeneurs annonçait déjà le devoir. Il était huit heures. Je restai assis sur le lit assez longtemps sans bouger, puis je visitai l'appartement, ne touchant à rien, mais regardant tout avec attention. Et parce que j'étais seul, les objets avaient un aspect différent et hostile. Sur une chaise, je trouvai la robe que Mary avait portée le matin. Elle l'avait jetée là, comme un torchon. Je la pris dans mes mains et elle se déplia jusqu'à terre. Je vis une déchirure et une tache de sang à la ceinture. Je levai un peu les bras, tenant délicatement la robe par les épaules. Je la rapprochai de moi et l'appuyai contre mon corps. Et puis, je la lâchai. Elle tomba à mes pieds, formant un petit tas de chiffons.

Je sortis et descendis sur la place qui était vide. Je n'avais pas envie d'aller loin. Je voulais marcher un peu, puis revenir et attendre. Je descendis la rue Soufflot à pas lents. J'avais allumé une cigarette. Il faisait presque nuit. Je passai devant la vitrine d'un restaurant bondé et, tout à coup, je revins sur mes pas et regardai les dîneurs. Mary était là, assise à une petite table, en face d'un homme que je ne connaissais pas. Elle lisait le journal; et lui fumait. Ils avaient fini leur repas. Sous la table, les jambes de l'homme croisaient celles de Mary. Elle plia le journal, son compagnon lui donna du feu. Ils échangèrent quelques mots, puis elle commença à coiffer ses longs cheveux. Les autres dîneurs les regardaient, exactement comme ils nous avaient regardés, avec envie, respect et crainte. L'homme était petit et trapu. Il ne regardait jamais Mary.

Je m'éloignai et descendis la rue. Les grilles du

Luxembourg se dressaient devant moi comme une énorme prison. Les réverbères s'allumèrent d'un seul coup et le ciel devint tout noir. Les gens sortirent d'on ne sait où, grouillèrent autour de moi et me bousculèrent. Les cafés étaient pleins d'étudiants blafards, échevelés, pauvres. Ils riaient. Je revins vers le Panthéon en empruntant l'autre trottoir.

Soudain, une femme traversa et vint vers moi. Elle était blonde, très grande. Elle portait un tailleur gris. Son visage était éclatant. Elle me prit le bras, me demanda d'où je venais et soupira :

— Je suis fatiguée. Je n'en peux plus.

Je ne voulais pas monter chez elle, mais elle insista. On se retrouva dans la chambre où j'avais dormi.

— On se couche ?

Je lui dis que je n'en avais pas envie. Je restai debout devant la garde-robe dont les vêtements frôlaient mes épaules. Elle non plus ne le désirait pas. Elle se tenait vautrée cependant, les jambes un peu écartées, une main sous la nuque, l'autre caressant distraitement son sexe sur la jupe grise qui dessinait ses cuisses. Alors, elle me raconta sa journée. Et ce qu'elle dit, bien que son récit fût assez long, coupé de silences que je n'essayai jamais d'abréger, se résume en une seule phrase que je vois encore comme d'énormes lettres noires en première page d'un journal du soir annonçant un crime horrible et que répète inlassablement la voix gutturale du vendeur : « Une jeune fille a trompé son amant. »

— Je suis allée retrouver le type chauve, celui

du cabaret, murmura-t-elle. Il m'avait fixé rendez-vous dans une grande salle. Il y avait des bancs, un tableau noir avec des chiffres... Une femme était avec lui quand je suis arrivée, mais elle est partie aussitôt en emportant des livres crasseux... Il m'a fait asseoir près de lui. Devant nous, il y avait une grande fenêtre qui donnait sur une école. Je voyais le drapeau tricolore. Je lui ai demandé si je pouvais m'étendre... Il m'a désigné le banc sur lequel il y avait un morceau de toile avec de grosses taches noires... J'ai prononcé ton nom de toutes mes forces... Cela résonnait dans la salle vide. Dehors, il y avait le hurlement des autobus qui changeaient de vitesse dans la côte, et aussi des pigeons dont le roucoulement descendait par le conduit d'une cheminée... Il y avait aussi, au fond de la salle, tout une rangée de blouses noires posées sur des cintres...

Mary regardait le plafond. Elle tenait maintenant les deux mains sous sa nuque. Je crois que je lui ai demandé pourquoi elle avait fait cela, car elle me dit :

— Ne me pose pas de questions.

Je lui dis :

— Et après, qu'est-ce que tu as fait ?

— Je suis rentrée ici, mais tu n'étais pas là. Alors, je suis sortie et je t'ai vu. J'ai traversé la rue pour te rejoindre.

Je n'osai pas la regarder et je quittai la chambre pour boire au lavabo. Je vidai un verre, puis un autre. Je me regardai dans la glace. Ma tête était inquiétante, allongée, pâle, et surtout, mes yeux étaient gris. Je me souvins que je ne m'étais pas rasé le matin. Derrière moi, il y avait un peignoir blanc suspendu, et un soutien-gorge de Mary. Je posai les deux mains sur le lavabo et fermai les yeux. Mary ouvrit la radio et s'arrêta sur un concerto de Mozart. A travers la cloison, j'entendis les ressorts du lit grincer et je compris qu'elle se levait. En même temps, la serrure de l'entrée craqua. Quelqu'un, dans le petit vestibule, fit tinter un trousseau de clefs.

C'était un homme, celui-là même qui avait dîné avec Mary. Il feignit de ne pas me voir bien que la porte du cabinet de toilette fût entrebâillée. Il passa directement dans la chambre de Mary où ils échangèrent quelques mots à voix basse sur un ton bref; puis Mary sortit de la chambre avec nervosité et me dit de l'accompagner dehors.

Dans la rue, elle voulut prendre un taxi mais se ravisa subitement et me demanda de la conduire dans un café.

Quand nous fûmes assis, elle prit ma main sur la table et la caressa doucement. Son genou vint se presser contre le mien.

— Je te mens, je t'ai toujours menti, dit-elle, je ne peux pas m'empêcher de te mentir. Avec toi, il faut toujours que j'aie honte. Je ne suis bien que si j'ai honte... Je te demande pardon... Ce soir, j'ai dîné avec l'amant de Judith.

— Judith n'existe pas, dis-je.

Elle ne répondit pas tout de suite.

— Non, elle n'existe pas, souffla-t-elle, hébétée.

— Tu ne m'aimes pas, dis-je.

Elle renifla et dit tout bas, avec anxiété :

— Je ne crois pas.

Elle se mit à sangloter sans bruit, en secouant les épaules.

— Quand j'ai cru que tu allais me tuer, je me suis sentie soulagée, mais tu ne m'as pas tuée, tu n'as pas osé... tu n'as pas pu... Toi seul le pouvais pourtant. Je l'ai su la première fois que je t'ai vu. Et cela m'a saoulée. Et maintenant, j'ai peur, parce que tu me hais.

Elle pétrissait ma main, la lâchait, la reprenait prudemment.

Des musiciens s'étaient installés au fond de la salle. Ils entamèrent *le Beau Danube Bleu.* Autour de nous, les étudiants bavardaient. Les gens avaient donc quelque chose d'important à dire ? Quelques-uns se dirigèrent vers la piste pour valser.

Je me levai. Mary me suivit. Nous n'avions rien bu et, cependant, je vacillais. Elle ne s'en aperçut pas et passa devant moi. Je la retins par l'épaule et, m'appuyant à la vitrine du café, je lui dis :

— Va-t'en..., vite... Ne téléphone plus jamais...

Elle voulut me soutenir, mais je la suppliai de s'éloigner, ce qu'elle fit, en courant.

Un peu plus tard, je pris un taxi et rentrai.

La maison était vide. La concierge m'apprit que Boris était venu chercher Claire avec les enfants. Il y avait de cela plus d'une semaine. Je croyais cependant ne les avoir quittés que la veille.

CHAPITRE XIX

Voici les premiers froids de l'automne. Un feu de bois fume dans la chambre. Peu de choses ont changé ici, sinon l'horaire du car qui est décalé d'une demi-heure et cet échafaudage dressé autour du clocher que la commune a décidé de réparer.

La bonne a tourné la clef de la cuisine et descend le chemin. J'entends le bruit sourd de la grille qu'elle referme derrière elle.

Demain, à l'aube, parce que c'est le jour des Morts, elle viendra frapper à ma porte et déposera, sur la chaise, mon costume de deuil. Je la suivrai à l'église et nous remonterons ensemble jusqu'au cimetière. Ainsi le temps s'écoule-t-il, rythmé par ces anniversaires anonymes qui, comme des bornes le long d'une route, passent sans répit sous mes yeux pendant le voyage monotone de ma vie. Quel orage viendrait déchirer, aujourd'hui, ce silence accablant où, pour me punir et me purifier, je me suis enfermé, guidé par cet instinct sûr du fauve épuisé qui rejoint le bois pour mourir ?

J'ai froid. Ma promenade ne m'a pas soulagé. J'ai cherché sur la route les paysages que j'aimais autrefois, témoins d'une sensibilité inutile que la vie n'a pas élargie. Impression de ruminer encore, au détriment de mon esprit d'homme, des émotions depuis longtemps détruites ou dissipées. Je vieillis comme un arbre. Par endroits, les branches meurent et la sève se tarit.

En revenant ce soir de la plaine, trempé de pluie, je ressemblais cependant à l'enfant que je fus, mais un enfant devenu infirme, privé de passion, presque calme.

Dans l'escalier, pris d'un vertige, je suis tombé à genoux sur les marches. Je me suis retrouvé de côté, le front entre deux barreaux de la rampe. Il était inutile d'appeler puisque la bonne est sourde. D'ailleurs, j'ai gagné sans grand mal ma chambre et pris la plume par devoir, car tout est dit.

Je pourrais continuer mon récit, reprendre ma vie par un autre chemin, mais je sais qu'il me ramènerait, comme tous ceux du jardin, aux mêmes endroits : en face de la plaine, ou en bordure de la route. Car les rêves que me suggèrent ces paysages familiers, s'ils expriment encore aujourd'hui une partie inaccessible de moi-même, jamais clairement manifestée, furent sans influence directe sur ma vie qui reste, aussi incohérente soit-elle, une suite d'actes dont ma conscience ne se détache pas et qui ont sculpté ma silhouette.

Ce soir, encore une fois, j'ai été interrompu par ce bruit inexplicable et familier qui vient je ne sais d'où et dont je ne connais pas la cause. J'ai déjà dit qu'il se manifeste la nuit lorsque le vent souffle en tempête. On dirait une bande d'enfants se poursuivant sur le palier du premier étage. Je suis donc sorti sans bruit de ma chambre pour me pencher sur la rampe de l'escalier. Naturellement, le palier était désert et silencieux. D'habitude, mon guet est bref et je rentre chez moi, rassuré. Mais cette nuit, je suis descendu à pas de loup pour écouter. Après quelques instants d'hésitation, j'ai poussé la porte de la chambre que Claire habitait. Je me suis avancé dans le noir jusqu'à la fenêtre, alors que l'an dernier, je m'en souviens, je m'étais approché du lit pour allumer. Les volets n'étaient pas fermés et, malgré le vent, les arbres du parc avaient l'air immobiles. Je suis revenu près du grand lit que mes genoux ont touché. Avec beaucoup de précautions, comme si quelqu'un était là, endormi, j'ai promené mes mains sur la toile. Et puis, je me suis assis. Le bruit a repris, plus confus, plus lointain, plus inquiétant aussi car il ressemblait au frémissement d'un placard où des enfants enfermés se débattent. J'ai constaté qu'il se renouvelait à intervalles réguliers, accompagné de coups de vent.

Les mains jointes entre mes genoux, je suis resté ainsi immobile jusqu'à ce que je n'entende plus rien. Alors, je me suis étendu sur le lit. De la main, en soulevant l'étoffe, j'ai constaté qu'il y avait encore des draps. Je les ai palpés assez longuement, j'ai pensé au petit divan de ma chambre et j'ai eu envie de revenir là, d'y ramener mes affaires en prenant mon temps.

Mes enfants s'étonneront-ils de ma décision ? Je leur expliquerai que la chambre du second est froide et que je préfère être près d'eux, ce qui est vrai. Mais je sais qu'ils ne me croiront pas tout à fait et donneront à mon geste un sens et une intention que je soupçonne mais que je n'ose examiner.

De même ai-je renoncé à porter un jugement sur moi-même, non à cause des contradictions de ma vie mais parce que j'ignore les mobiles de mes actes, leur signification et pourquoi ce que je possède, je l'adore, le détruis et le pleure.

DU MÊME AUTEUR

Aux Éditions Gallimard

LES MOUSTIQUES

LA PEUR

L'INSAISISSABLE

LE SALON BLEU

LA ROBE

L'AMI

INTRODUCTION À LA VIE PROFANE

DIALOGUE AVEC UNE OMBRE

L'HOMME VIOLET

THÉRÈSE

LA CHAMBRE D'INSTANCE

L'HEURE

L'ARBRE ÉCLATÉ

LE VOYAGE ENCHANTÉ

LES ANGES FOUS

MÈRE ET FILS

Impression Bussière à Saint-Amand (Cher),
le 2 octobre 1987.
Dépôt légal : octobre 1987.
Numéro d'imprimeur : 803.
ISBN 2-07-037870-5./Imprimé en France.

41658